KB077728

風神 徐間
풍신 서윤

풍신서윤 4

강태훈 新무협 판타지 소설

초판 1쇄 찍은 날 § 2016년 1월 22일
초판 1쇄 펴낸 날 § 2016년 1월 29일

지은이 § 강태훈
펴낸이 § 서경석

편집책임 § 김현미

펴낸곳 § 도서출판 청어람
등록번호 § 제387-1999-000006호
등록일자 § 1999. 5. 31
어람번호 § 제2-2634호

주소 § 경기도 부천시 원미구 부일로 483번길 40 서경B/D 3F (우) 14640
전화 § 032-656-4452 팩스 § 032-656-4453
http://www.chungeoram.com
E-mail § chungeorambook@daum.net

ⓒ 강태훈, 2015

ISBN 979-11-04-90616-9 04810
ISBN 979-11-04-90522-3 (세트)

풍신서윤

風神絶唱

4

강태훈 新무협 판타지 소설

1장	위기(危機)	7
2장	희생(犧牲)	43
3장	결의(決意)	67
4장	인내(忍耐)	89
5장	정체(正體)	113
6장	함정(陷穽)	145
7장	청부(請負)	169
8장	발각(發覺)	203
9장	황보세가(皇甫世家)	239
10장	화산(華山)	267

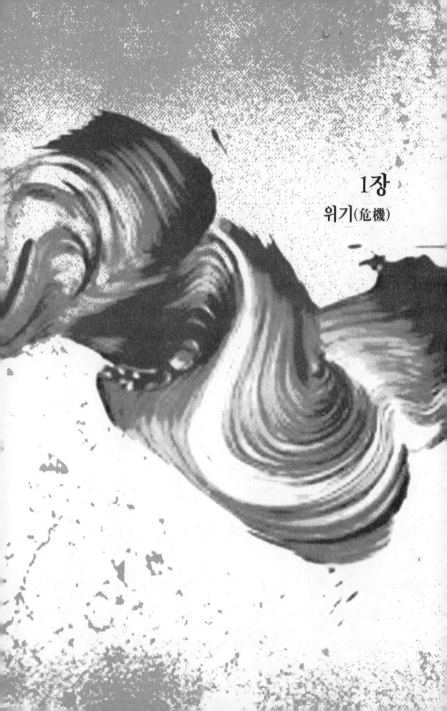

1장
위기(危機)

風神徐潤
풍신서윤

앞서는 광동성 초입에서 조경 지부 사람들과 만나 불산까지 최단 거리로 이동하느라 조경을 거치지 않아서 그렇지 불산에서 조경까지는 상당히 가까운 거리였다.

불산을 떠나 조경 지부에 도착한 황보수열은 곧장 무림맹에 보고를 넣었다. 과정이야 어쨌든 임무를 마쳤으니 보고를 넣는 것은 당연했다.

평소 같았으면 임무가 끝나는 즉시 의협대에 복귀했어야 하겠지만 지금은 명백한 전시.

또 다른 명령이 내려올지 몰라 일단 조경 지부에서 며칠 머물며 기다리기로 한 그들이었다.

조경 지부에 도착한 지 사흘째 되던 날.

처음 이틀은 맘 편히 지낼 수 있다는 사실에 마냥 좋아하던 조원들도 슬슬 지겨워지기 시작했다.

딱히 할 것 없이 먹고 쉬는 것은 혈기 왕성한 청년들에게는 어울리지 않는 일이기도 했다.

그렇다 보니 언제쯤 무림맹에서 연통이 올지 학수고대하는 모습들을 보이기 시작했다.

하지만 다른 조원들과 달리 몇몇은 맘 편히 쉴 틈이 없었다. 조장인 황보수열과 부조장인 천보, 그리고 조원이지만 결코 무시할 수 없는 존재감을 가진 서윤까지 셋이었다.

그들은 조경 지부를 통해 들어오는 소식들을 종합하여 현재 무림의 동향을 파악하고 있었다.

"이런 일들이 벌어지고 있었다니……."

보고서들을 들춰 보던 황보수열이 손에 들고 있던 종이를 내려놓으며 중얼거렸다.

현재 무림의 상황은 상당히 좋지 않았다.

지난번 흑도가 들고 일어났을 때보다 더욱.

녹림이라는 거대한 세력이 준동한 것도 모자라 적이 되어 나타났으니 그 여파는 더더욱 컸다.

물론, 속수무책으로 당하고만 있지는 않았다.

지금 당장 눈에 보이는 적인 녹림을 상대로 정도 무림에서 반격에 나선 것이다.

무림맹 지부를 중심으로 구파와 육대세가의 전력이 더해지자 녹림의 공세 역시 한풀 꺾일 수밖에 없었다.

지금까지 당한 것을 생각하면 새 발의 피 수준이긴 했지만 녹림의 산채 몇 곳은 아예 초토화가 된 상황이었다.

그러나 아직까지는 어려운 상황이었다.

특히 몇몇 산채는 구파의 수준까지는 아니더라도 능히 거대한 문파라 해도 과언이 아닐 정도로 상당한 머릿수와 힘을 가지고 있었다.

그러한 산채들을 중심으로 똘똘 뭉쳐 구파에 맞서는 그들의 힘은 어마어마했다.

"우리가 이곳까지 오면서 당한 것이 가벼운 느낌이 들 정도로군."

황보수열의 말에 천보와 서윤은 말없이 고개만 끄덕였다. 귀왕채 한 곳만 만났으니 다행이지 다른 산채들까지 만났다면 지금 이곳에서 이런 내용을 읽으며 놀라고 있지는 않았을 것이다.

"분명 녹림의 뒤에 그들이 있을 겁니다."

"그렇겠지."

서윤의 말에 황보수열도 고개를 끄덕였다.

직접적으로 연관 지을 수 있는 정황은 탁곤과 마영방주가 같은 무공을 사용하고 있었다는 사실밖에는 없지만 지금까지 직접 보고, 그리고 이 자리에서 읽은 것들을 종합하면 어린

아이라도 녹림의 뒤에 마교가 있다는 것쯤은 쉽게 알아차릴 수 있었다.

"도대체 언제 이렇게까지 손을 뻗었단 말인가!"

황보수열이 답답한 듯 소리쳤다.

지금 상황이 이렇다면 다른 상행을 호위하기 위해 떠난 동료들의 생사 역시 장담할 수가 없었다.

만약 그들 대부분이 큰 화를 당했다면 이대로 의협대로 돌아가는 것은 의미가 없었다.

그때, 세 사람이 있는 방으로 감도생이 들어왔다.

지부를 오래 비워둔 탓에 요 며칠 많은 업무를 처리하느라 피곤한 모습이었다.

"도움이 좀 되었는가?"

"예, 당황스럽군요. 어떻게 해야 할지 판단이 서질 않습니다."

황보수열의 말에 감도생이 굳은 표정으로 고개를 끄덕였다. 그러고는 위로하듯 말했다.

"어린 나이에 모든 것을 정확하게 판단하기란 어려운 일이지. 게다가 이런 전시에는 모든 것이 예측하고 계획한 대로 흘러가지는 않는다네."

그렇게 말하며 감도생이 슬쩍 서윤을 바라보았다.

"그래서 무림맹에 보고를 하고 다음 명령을 기다리는 것 아니겠는가? 다행이 아직까지 광동성에서는 저들의 움직임이 포

착되지 않았으니 이럴 때 제대로 쉬어두게. 그래야 다음 임무
도 제대로 수행할 것 아닌가?"

감도생의 말에 황보수열이 고개를 끄덕이며 말했다.

"감사합니다."

"감사라니. 나이가 어떻고를 떠나 자네들은 우리의 동료일
세. 동료에게 쉴 장소 하나 마련해 준 것은 감사받을 일이 아
니네."

감도생의 말에 황보수열도 옅은 미소를 지었다.

"저들이 왜 광동성까지는 오지 않는 것일까요?"

의문을 제기한 사람은 서윤이었다.

"무슨 말인가?"

"중원 전체가 혼란스러운 시기인데 유독 광동성만 조용한
것이 마음에 걸립니다. 저희들만 봐도 지난번 실혼인과 마주
친 것 외에는 적들과 마주한 적이 없습니다. 다른 지역에서
또다시 실혼인이 나타났다거나 적에 의해 피해를 받았다는 보
고도 없고요."

서윤의 말처럼 충분히 의심스러운 상황이었다.

"중요한 것은 저들이 광동성에서 제대로 활동을 '못' 하는
것인지 아니면 '안' 하는 것인지로군."

"그렇습니다. 하지만 못 하는 것이든 안 하는 것이든 분명
그럴 만한 이유가 있지 않겠습니까?"

"이유야 여러 가지가 될 수도 있겠지. 그런 복잡한 사정까

지 우리가 다 헤아릴 수는 없지 않겠는가? 지금 우리가 할 수 있는 것은 경계를 강화하고 대비하는 것뿐이야. 우리야 그렇다 쳐도 자네들은 곧 움직여야 할 텐데. 괜찮겠는가?"

감도생의 말처럼 이곳 사람들은 주변 지부와 긴밀히 연계하여 만약의 사태에 대비하면 그만이었다.

하지만 서윤 일행은 다시 돌아가야 하는 상황.

광동성 내에서야 이곳 지부의 도움을 받을 수 있겠지만 광서성부터는 그것도 여의치 않았다.

"만약 이대로 의협대로 복귀해야 한다면 경로를 달리 해서 가야겠지요. 위험한 것은 마찬가지겠지만."

황보수열의 생각은 상행과 마찬가지로 광서성을 지나가는 것이 아닌 호남성을 지나 귀주성으로 향하려는 것이었다.

물론 거대 문파가 있는 것도 아니고 위험하지 않은 것은 아니겠지만 위험한 것이 당연한 경로와 아직 확실치 않은, 조금은 희망을 가져볼 수 있는 경로 중 하나를 택하라면 누구라도 후자를 택할 것이었다.

황보수열 역시 마찬가지였다.

"그것도 하나의 방법이 될 수 있겠지. 어쨌든 광동성 안에서는 우리가 최대한 도와주겠네. 일단은 자네들도 좀 쉬지. 조만간 무림맹에서 연락이 오지 않겠는가."

"예, 알겠습니다."

세 사람 모두 일어나서 나가는 감도생을 배웅했다. 그 후로도 세 사람은 방에서 계속 심각한 대화를 이어갔다.

어둑해지는가 싶더니 어느새 한밤중이 되었다.

저녁 식사까지 마친 서윤은 모처럼 방에서 편안하게 누웠
다. 이곳에 온 지 사흘째임에도 마음 편히 쉴 수가 없었기 때
문이다.

걱정이 안 되는 건 아니었지만 앞으로 벌어질 일에 대한 걱
정은 일단 접어두기로 했다.

누운 채 잠시 동안 눈을 감고 있던 서윤이 몸을 일으켰다.
그러고는 침상에 앉은 채로 생각에 잠겼다.

'그때 그 감각은 뭐였을까?'

서윤은 운부현에서 실혼인들과의 싸움에서 느꼈던 감각을
떠올렸다.

무의식중에 느낀 감각이었기에 또렷하지는 않았지만 아직
까지 약간의 여운이 남아 있었다.

'그 감각을 내 것으로 만들 수만 있다면……'

서윤이 속으로 중얼거렸다.

그 감각이 어떤 것인지, 어떻게 발현하는 것인지는 알 수 없
었지만 적어도 다음 단계로 나아가는 실마리가 될 수 있겠다
는 느낌은 있었다.

서윤은 천천히 그때의 상황을 곱씹어 보았다.

시간이 제법 흘러 모든 상황이 정확하게 기억나지는 않았지

만 조각들을 모아 붙이듯 생각의 파편들을 정리해 나갔다.

'다를 게 없는데.'

서윤의 싸움은 그 전과 비교해 달라진 것이 없었다.

초식과 운용, 그리고 방식까지.

진기를 더욱 많이 사용하고 사용하지 않고의 차이만 있었을 뿐이다.

굳이 다른 점을 꼽자면 이후 적들의 공격에 맞서지 않고 피하며 시간을 벌었던 점 정도랄까.

'그때부터였던 것 같은데.'

분명 그 이후였다.

상대의 공격을 피하고 막으며 시간을 벌었던 그때.

그 후 얼마 지나지 않아 그 감각을 느꼈었다.

'무슨 차이가 있는 거지? 어떻게 해야 하는 것일까.'

서윤은 다시금 그때의 그 상황을 곱씹었다. 실혼인들의 공격이 어땠고 자신의 방어는 어땠는지.

하지만 아무리 생각해도 큰 차이점을 느낄 수가 없었다.

'집중력 차이였던 건가?'

평소보다 더욱 집중하기는 했다.

공격하고 때려눕히면 이길 수 있었던 지금까지의 적들과 달리 실혼인들은 아무리 공격해도 큰 충격을 받지 않았으며 이길 수 없을 것 같았다.

그랬기에 좀 더 집중했었다.

'상단전, 상단전, 뇌기(腦氣), 혹은 뇌력(腦力)이라 하던가?'

서윤은 신도장천이 남겼던 서책의 일부분을 떠올렸다.

상단전의 효능은 단순히 그릇을 넓히는 것이 아니다.

중단전이 사람의 마음을 다스리고 감정에 영향을 끼친다면 상단전은 정신력에 영향을 끼친다.

상단전을 온전히 열어 하늘과 맞닿은 뇌기, 혹은 뇌력을 자신의 것으로 만들어 다룰 수 있다면 풍절비룡권 후반 이 초식의 진정한 위력을 볼 수 있을 것이다.

나 역시 상단전의 영역에 발만 들여 놓았을 뿐 온전히 나의 것으로 만들지 못하였으니 이는 단순히 노력뿐만 아니라 천운이 함께하여야 할 것이다.

'노력만으로는 안 된다니. 너무하잖아.'

떠올리고 나니 새삼 하늘에서 내려다보고 있을 신도장천이 야속해지는 서윤이었다.

온전히 다 알지는 못한다 하지만 적어도 발을 들여 놓은 그 상단전의 영역에 대해 좀 더 자세히 말해주기라도 했다면 더 수월하지 않았을까 하는 생각 때문이었다.

'어쩔 수 없지. 그래도 포기는 없다.'

스스로 헤쳐 나가지 않으면 안 되는, 포기하고 싶어도 할 수가 없는 상황이었다.

본인이 성장하지 않으면 소중한 사람들을 지킬 수가 없었다.

단순히 사람 한두 명의 목숨을 살리는 데 그치는 것이 아니다. 그들과 만들어온 추억과 기억들을 지켜 나가는 일.

그것이 서윤이 이번 임무를 통해 숱한 고비를 넘기며 생각한 것이었다.

'반드시 해내고 만다.'

서윤이 속으로 다짐했다.

그런 후 다시 생각에 몰두하려는 순간. 서윤의 표정이 딱딱하게 굳었다.

'살기?'

쉽게 알아차리기 어려울 정도로 약한 살기였지만 서윤은 느낄 수 있었다.

'설마 이곳까지?'

서윤이 자리에서 벌떡 일어나 문을 열고 밖을 내다보았다.

방들이 모여 있는 전각은 고요했다. 아무도 살기를 느끼지 못한 듯했다.

'알려야 해.'

서윤은 곧장 황보수열이 있는 방으로 발걸음을 옮겼다.

"무슨 일인가?"

밖에서 들린 서윤의 목소리에 황보수열이 의아한 표정으로

문을 열었다.

그러자 서윤이 입에 검지를 가져다 대고는 황보수열을 데리고 방 안으로 들어갔다.

"살기입니다."

"살기? 아무것도 안 느껴지는데."

"분명 살기입니다. 적들이 나타난 듯합니다."

황보수열의 표정이 딱딱하게 굳었다. 자신은 느끼지 못했지만 서윤이 느꼈다면 사실일 가능성이 높았다.

"다른 사람들은?"

"아직 모르는 듯합니다. 우선을 일단 알려야 합니다."

서윤의 말에 황보수열이 고개를 끄덕이고는 말했다.

"자네는 조원들에게 알리게. 난 바로 지부장님께 갈 테니."

"알겠습니다."

역할을 나눈 두 사람이 방을 나섰다.

여전히 미약했지만 아까보다는 조금 더 짙어진 살기가 지부를 점차 잠식해 나가기 시작했다.

서윤으로부터 이야기를 전해 들은 조원들이 긴장한 표정을 지은 채 전각 밖으로 모여들었다.

이제는 서윤뿐만 아니라 다른 조원들도 확실하게 느낄 수 있을 정도로 살기가 짙게 깔려 있었다.

"황보 시주는?"

"지부장님께 갔습니다."

서윤이 천보의 물음에 대답할 때, 감도생의 목소리가 들렸다.

"다들 모여 있었군."

"지부장님."

감도생의 등장에 다들 조금은 안심하는 모습이었다. 하지만 이내 표정이 딱딱하게 굳었다.

감도생의 뒤쪽에 따르던 지부 무인들이 초주검이 된 황보수열을 데리고 왔기 때문이었다.

"조장!"

단목성이 소리쳤다.

달려가려는 그를 서윤이 팔을 들어 제지했는데, 그러는 그의 표정이 딱딱하게 굳어 있었다.

"조장은 어떻게 된 겁니까? 아니, 누가 그런 겁니까?"

"누가 그랬느냐니?"

감도생이 미소를 지으며 되물었다. 그 표정에서 서윤은 확신했다.

황보수열을 저리 만든 게 감도생이라고.

"누구야, 당신."

"누구긴, 감도생이지."

"아닌 거 알아."

서윤의 목소리에 적대감이 가득 묻어 있었다. 그 모습이 재미있는지 감도생의 미소가 더욱 짙어졌다.

"내가 그랬지? 우리의 최우선 목표는 네가 될 거라고."

"폭렬단?"

"그래, 폭렬단이다. 감도생을 본 적이 없으니 어설프게 얼굴을 바꿨어도 다들 못 알아보더군."

그 말과 동시에 감도생의 얼굴이 바뀌었다. 그리고 잠시 후, 서윤에게는 익숙한 얼굴이 드러났다.

"처음 만났을 때 죽여 버릴까, 아니면 불산에 도착했을 때 죽여 버릴까 어떻게 할까 고민이 많았는데. 참느라 내가 죽을 뻔했다. 그래도 이왕 죽일 거면 최고의 장소에서 최고의 순간에 죽여 버리는 게 더 좋겠다는 생각에 참았다."

그 말과 동시에 지부 무인으로 위장하고 있던 폭렬단원들이 검을 뽑아 들었다.

그러자 지금까지 억눌려 있던 살기들이 폭사되어 사방을 가득 메웠다.

살기만으로도 사람이 죽을 수 있겠다는 생각이 들 정도로.

역시나 조원 몇몇의 얼굴이 하얗게 질려갔다.

숨을 제대로 쉬지 못하는 등 감당하기 어려워하는 모습이 많이 보였다.

서윤이 감도생을 노려보며 기운을 끌어 올렸다.

그러자 조원들 주변의 살기가 조금 걷혔는지 얼굴들이 조금은 편해졌다.

"오호. 확실히 성장한 모양이군. 하지만 그거로 될까?"

감도생의 목소리에는 여유가 있었다. 반대로 조원들은 점점 더 큰 공포감을 느껴가고 있었다.

"그랬어. 그때 느꼈던 불길함은 이거였군."

서윤이 중얼거리듯 말했다. 그러자 감도생, 아니, 폭렬단주가 의아한 표정으로 서윤을 바라보았다.

"처음 당신을 만났던 그때. 다들 안도하고 기뻐했지만 난 그러지 않았거든. 뭔가 불길했지. 놓친 게 있는 것 같았어. 진작 알아차렸어야 했는데. 합산에서의 일은 우리 조원들 외에는 모르는 일인데 당신은 알고 있었지. 본단도 모르는 그 일을."

서윤의 말에 폭렬단주가 '아차!' 하는 표정을 지었다.

"큰 실수를 할 뻔했군. 다행이야. 자칫 모든 게 틀어질 뻔했어. 고맙다고 해야겠군. 눈치 못 채고 넘어가 줬으니."

폭렬단주의 말이 끝나자 서윤이 고개를 돌려 뒤쪽의 천보를 바라보았다.

시선만 주고받았으나 천보는 서윤이 무슨 이야기를 하려는지 단번에 알아들었다.

"조원들은 모두 방어에 온 힘을 기울여야 합니다! 여기를 벗어나는 게 최우선 목표입니다!"

천보의 말에 조원들이 고개를 끄덕였다. 그리고 동시에 반대 방향으로 달리기 시작했다.

"죽여라."

그러자 폭렬단주의 뒤쪽에 있던 적들이 황보수열을 아무렇게나 내던진 채 움직였다. 하지만 서윤은 그들을 고이 보내줄 마음이 없었다.

"내 뒤로는 한 놈도 보낼 수 없다!"

서윤이 쾌풍보를 펼쳤다.

그의 신형이 만들어낸 잔상이 쏘아져 나오는 폭렬단원들 사이를 헤집고 다녔다.

그리고 이어지는 수차례의 격타음.

마치 무형의 방벽이라도 있는 듯 서윤이 서 있는 자리를 기점으로 튕겨져 나갔다.

"오호."

폭렬단주가 서윤의 움직임에 감탄성을 내뱉었다. 그러고는 뽑아 든 칼을 들고 움직이기 시작했다.

잔상이 보일 정도로 서윤의 움직임이 빨랐지만 폭렬단주는 다 보이는 듯 정확하게 서윤을 향해 검을 휘둘렀다.

꽝!

폭렬단주의 검이 자신을 향하는 것을 알아차린 서윤이 주먹을 뻗었다.

퍼져 나가는 폭음.

그러는 사이 적들이 서윤의 뒤쪽으로 빠르게 몰려갔다.

서윤의 표정이 사나워졌다. 당장에라도 뒤쪽으로 넘어간 적들을 쫓고 싶었으나 폭렬단주가 자신의 발목을 붙잡고 있었다.

"너무 걱정하지 않아도 돼. 어차피 여기서 우릴 다 막았다 한들 저들은 살 수 없다. 이 주변에 폭렬단이 쫙 깔려 있으니까."

"그럼 여기서 한시라도 빨리 당신을 처리해야겠군."

"해보시던가."

콰쾅!

순식간에 두 사람이 다시 한 번 충돌했다.

검과 주먹의 격돌.

하지만 서윤은 아랑곳하지 않고 폭렬단주의 검에 맞서 주먹을 뻗었다.

확실히 서윤의 풍절비룡권은 실혼인과의 싸움 이후로 진일보해 있었다.

꽈과광!

과감하게 뻗은 주먹에서 터져 나간 진기가 연달아 폭렬단주의 공격을 무위로 돌렸다.

폭렬단주가 여유 있게 검을 휘두르고는 있다 하지만, 서윤 역시 지난번보다는 훨씬 여유롭게 공격을 펼치고 있었다.

상대의 움직임이 눈에 더욱 잘 들어왔고 예측하는 것도 상대적으로 수월했다.

'그때와는 다르다!'

서윤은 조금씩 자신감이 올라오는 것을 느꼈다.

하지만 지금은 그런 것에 좋아할 때가 아니었다. 어떻게 해서든 눈앞의 상대를 쓰러뜨리고 동료들을 구하러 가야 했다.

물론 그들 역시 처음 임무를 맡았을 때에 비하면 여러 부분에서 성장한 것은 분명했다.

하지만 그렇다고 수적으로 열세인 상황에서 더 강한 적을 맞아 대등하게 싸울 수 있을 정도는 아니었다.

서윤이 이를 악물었다.

쿠우우우우!

서윤의 주먹을 중심으로 강한 기운이 모여들기 시작했다.

풍련신공의 진기와 더불어 주변의 공기가 주먹 앞에 모여 단단하게 응축하는 것처럼 보였다.

'설마, 강기?'

폭렬단주는 서윤의 주먹에 모이는 기운이 심상치 않음을 느끼고 서둘러 검을 찔렀다.

쒜에엑!

날카로운 파공음과 함께 폭렬단주의 검이 빠르게 찔러 들어왔다.

서윤의 주먹이 아닌 손목을 노린 일격이었다.

주먹에 응집된 기운을 뚫을 수 있을 것 같다는 생각이 들지 않았던 까닭이었다.

그 순간, 서윤이 손목을 비틀었다.

그러자 주먹에 모여 있던 기운이 정면뿐만 아니라 좌우로 터져 나갔다.

폭렬단주의 검이 서윤의 손목에 닿기 직전, 그의 검이 강하게 튕겨 나갔다.

"큭!"

검이 튕겨 나가는 힘 때문에 폭렬단주 역시 뒤쪽으로 밀려났고, 가슴이 벌어지며 틈이 생겼다.

그 틈을 놓치지 않고 서윤이 재빠르게 안쪽으로 쇄도했다.

주먹에는 이미 진기가 한가득 실려 있었다.

쾅!

위력적인 공격에 폭렬단주가 뒤쪽으로 나가떨어졌다.

그가 부딪친 건물의 벽이 금방이라도 무너질 듯 금이 심하게 금이 가 있었다.

'막았어.'

서윤은 똑똑히 보았다.

제대로 맞았다면 일어서지 못할 것이다. 하지만 분명 폭렬단주는 그 짧은 순간에도 검을 내려 서윤의 주먹을 막았다.

자세와 중심이 불안정한 상황이고 워낙 급박한 상황인지라 제대로 막지 못했을 뿐.

하지만 막았다 하더라도 분명 제대로 된 충격을 받았을 것이다. 동료들을 쫓아가려면 지금이 적기였다.

꿈틀거리는 폭렬단주를 본 서윤은 곧장 신형을 날렸다.

조원들이 도망친 방향 쪽으로.

*　　　*　　　*

　주변 사물들이 그 형체를 알 수 없을 정도로 빠르게 지나
갔다. 그만큼 동료들의 뒤를 쫓는 서윤의 속도는 빨랐다.

　'이렇게 멀리까지 가지는 못했을 텐데.'

　한참을 달리던 서윤이 급제동으로 멈춰 서며 생각했다.

　그러고는 주변을 두리번거리더니 방향을 틀어 빠르게 달렸
다.

　희미하게 들리는 소리. 분명 싸움터에서 나는 소리였다.

　'다 왔다!'

　서윤이 속도를 높였다. 그리고 잠시 후, 하나의 장면이 서윤
의 눈에 빠르게 다가왔다.

　자신의 앞쪽에 있는 적에게 주먹을 뻗는 단목성.

　그리고 그것을 막아내는 적.

　마지막으로 눈앞의 적에게 정신이 팔려 있는 단목성의 옆
에서 검을 찔러가는 적.

　동시에 이뤄지는 그 장면이 서윤에게는 느릿하게 보였다.

　'안 돼!'

　이대로라면 단목성이 죽는다.

　그 때문일까. 서윤이 더욱 진기를 몰아 쾌풍보를 펼치며 쏘
아져 나갔다.

　잔상이 만들어낸 한 줄기의 선.

그 끝에는 서윤이 있었고 그의 주먹은 어느새 초식을 펼쳐 내고 있었다.

꽝!

서윤의 주먹이 측면에서 단목성을 공격하려던 적의 가슴팍에 정확히 틀어박혔다.

"푸우우!"

피분수를 쏟아내며 날아가는 적.

순간 모든 이의 시선이 서윤에게 쏠렸다.

서윤을 본 조원들의 시선에는 기쁨이, 적들의 시선에는 살기가 담겼다.

아주 짧은 순간의 정적이 끝나고 다시 적들이 일제히 공격을 감행했다.

수십 개의 칼날이 서윤을 비롯한 조원들을 향해 내리꽂혔다.

도저히 살아날 수 없을 것 같은 검우(劍雨)를 보며 망연자실하고 있는 조원들 사이에서 누군가가 움직였다.

이런 상황에서 움직일 수 있는 유일한 사람. 서윤이었다.

서윤이 칼날 사이를 헤집기 시작했다.

따다다다당!

짧고 간결한 뻗음으로 검들을 튕겨내기 시작했고 그 반동 때문에 적들의 신형 역시 흔들렸다.

그 틈을 조원들이 파고들었다.

두세 명씩 짝을 지어 적들을 향해 공격을 펼치기 시작했다.

서윤 때문에 자세가 흐트러진 상태인지라 속수무책이었다.

하지만 그것도 단 한순간이었을 뿐, 적들은 어둠 속에서 끊임없이 나타났다.

그 때문에 조원들은 더 이상 나아가지 못하고 제자리에 묶여 있었다.

'이대로는 안 된다, 다 죽어!'

서윤이 주변을 두리번거렸다.

뚫고 나아갈 수 있는 방향은 단 한 곳. 판단을 내린 서윤은 지체하지 않았다.

"뚫겠습니다!"

쒜에에엑!

외치는 서윤을 향해 검이 날아들었다.

하지만 그의 면전까지 다가온 검은 그 목적을 이루지 못했다.

서윤이 절묘한 보법으로 검을 피함과 동시에 초식을 뿌렸고, 초식이 토해내는 기운에 휩쓸린 적은 그 힘을 이기지 못하고 나가떨어졌다.

다가온 적을 처리한 서윤은 뚫을 방향 쪽을 바라보며 기운을 끌어 올렸다.

쿠와아아앙!

서윤의 주먹에서 고막을 찢을 듯한 우렁찬 소리가 터져 나왔다.

그가 펼쳐 낸 광풍난무의 초식은 앞을 가로막고 있던 적들을 쓸어버렸다. 실혼인들과 싸웠을 때 펼쳤던 것보다 더욱 위력적인 듯 보였다.

"어서!"

서윤이 소리쳤다. 그러자 조원들이 일제히 전방을 향해 뛰었다.

순간 넋을 놓고 있던 적들은 그제야 정신을 차리고 조원들을 쫓으려 하였다.

콰쾅!

서윤이 주먹을 뻗었다.

연이어 펼쳐지는 풍절비룡권의 초식들 앞에 적들은 속수무책으로 당할 수밖에 없었다.

수십 명의 적을 홀로 감당하는 서윤.

하지만 시간이 지날수록 밀릴 수밖에 없었다.

적들은 처음에는 도망치는 조원들을 쫓으려 했다면 지금은 일단 서윤 한 명에게 공격을 집중하고 있었다.

아무리 서윤의 무공이 뛰어나다 하나 수십의 적이 동시에 쏟아내는 공격을 감당할 수는 없었다.

게다가 방금 전 펼친 광풍난무로 인해 진기의 소모도 많은 상황, 언제까지고 막아설 수는 없었다.

그때였다.

"네놈이 감히!"

콰앙!

어디선가 나타난 폭렬단주가 엄청난 위력의 일격을 서윤에게 쏟아냈다.

"큭!"

갑작스러운 공격을 용케 막아내긴 했지만 내상을 입을 수밖에 없었다.

주륵.

서윤의 입가로 한줄기 선혈이 흘렀다.

풍령신공이 서윤의 내상을 빠르게 치료하고는 있었으나 결코 가볍지 않은 내상이었다.

"네놈이… 네놈이 감히! 나를!"

폭렬단주의 기도가 폭발했다.

전신의 기운을 모두 뿜어내는 듯 무시무시한 기운이 그의 몸에서 뿜어져 나오기 시작했다.

'젠장!'

폭렬단주가 나타나자 적들이 서윤을 지나쳐 조원들을 쫓으려 하였다.

"못 간다!"

서윤이 소리치며 움직였다.

하지만 내상 때문에 조금 전과 같은 속도를 낼 수가 없었고, 몇몇 적은 쓰러뜨렸으나 대부분의 적을 놓칠 수밖에 없었다.

"제기랄!"

서윤이 이를 악물고 그들의 뒤를 쫓으려 했다. 하지만 얼마 가지 못해 사나운 표정으로 살기를 폭사시키는 폭렬단주에 의해 막힐 수밖에 없었다.

"죽어라!"

폭렬단주의 공격이 펼쳐졌다.

조경 지부 안에서의 위력과는 천지차이였다. 그때는 힘을 아꼈으리라.

서슬 퍼런 검기가 서윤을 향해 쏘아졌다.

진기의 소모도 많았고 내상도 입은 상태라 제대로 맞설 수가 없었다.

한 호흡에 펼쳐 낸 폭렬단주의 공격은 서윤의 몸에 여러 개의 자상을 만들어내었다.

그나마 서윤이 진기를 쥐어짜며 피하고 막은 덕분에 치명적인 상처는 없었다.

"죽여 버리겠다!"

'승산이 없다. 피해야 해!'

서윤이 방향을 틀어 달려 나갔다.

"이노옴!"

폭렬단주가 빠른 속도로 서윤을 쫓으며 검을 뿌렸다.

날카로운 검기가 뒤쪽에서부터 서윤을 쪼갤 듯 날아들었다.

서윤은 땅을 박차며 몸을 비틀었다.

몸을 회전시키며 진기를 실어 검기를 튕겨내려 하였으나 그것조차 여의치 않았다.

서석!

"큭!"

서윤의 몸에 또다시 자상이 생겼다.

아까보다 더욱 깊은 상처. 그만큼 지금 서윤의 상태는 폭렬단주를 감당하기 어렵다는 뜻이었다.

서윤은 이를 악물었다.

정면으로 붙어서는 승산이 없었다.

아니, 멀쩡한 상태에서도 지금의 폭렬단주와 붙어서는 이길 가능성이 낮았다.

일단 조원들을 빼내는 데 성공했으니 몸을 피하는 데 주력해야 했다.

하지만 분노에 휩싸여 광기를 보이는 폭렬단주의 능력은 상상 이상이었다.

위력은 물론이요, 속도까지도 굉장했다.

멀쩡한 상태에서 쾌풍보에만 집중한다면 어찌어찌 벗어날 수는 있겠지만 지금은 그의 사정권 안에서 벗어나는 것이 결코 쉬운 일은 아니었다.

쐐에에엑!

폭렬단주의 검이 서윤의 전신을 찢을 듯 날카롭게 날아들었다.

서윤은 주먹을 뻗는 대신 쾌풍보를 펼치는 데 집중했다.

스스슥!

집중하여 펼친 쾌풍보가 서윤의 목숨을 구했다.

옷자락이 찢어지기는 했지만 조금만 늦었더라도 팔 한쪽이 잘려 나갔을지도 몰랐다.

서윤은 식은땀이 흘렀다.

지금까지 봐온 검공은 모두가 선으로 이뤄진 공격이었다.

하지만 지금 폭렬단주가 펼쳐 내는 검법의 위력은 선이 아닌 자신의 앞을 가득 채운 하나의 면이 달려드는 것 같은 느낌이 들었다.

그 정도로 빈틈없이 꽉 채운 공격으로 서윤을 공격하고 있었다.

서윤은 빠른 속도로 물러섰다.

하지만 다가오는 폭렬단주의 공격이 더욱 빨랐다.

콰쾅!

어쩔 수 없이 진기를 실어 뻗는 주먹.

그리고 이어지는 강한 충격에 서윤은 뒤쪽으로 튕겨지듯 날아갔다.

허공에 붕 뜬 서윤은 어떻게 해서든 중심을 잡으려 했다.

하지만 워낙 강한 충격에 튕겨진 탓에 그것이 쉽지가 않았다.

"큭!"

내던지듯 떨어진 서윤은 몇 차례 바닥에 튕겼다.

그런 서윤을 향해 폭렬단주가 빠른 속도로 달려오고 있었다.

바닥에 튕기던 서윤은 지독한 고통에 정신이 나갈 지경이었지만 튕기는 힘을 이용해 땅을 박찼다.

이런 상황이 반복되어서야 절대 몸을 피할 수 없다는 생각이었다.

탄력을 이용해 폭렬단주의 공격에 맞서는 서윤.

부족한 진기를 끌어 모아 내지르는 주먹이다.

폭렬단주의 표정에는 조금의 변화도 없었다. 지금의 그에게 서윤은 공격은 대수롭지 않으리라.

하지만 서윤은 이를 악물었다.

단 한 번.

단 한 번의 틈만 잡을 수 있다면, 아까와 같은 충격을 입힐 수 있다면 이 자리를 피할 수 있는 약간의 여유를 벌 수 있었다.

이는 서윤 스스로가 쾌풍보에 대한 믿음이 있기에 가능한 것이었다.

쾅!

서윤의 주먹과 폭렬단주의 공격이 강하게 충돌했다.

역시나 뒤로 밀리는 쪽은 서윤. 하지만 아까보다는 그 충격이 훨씬 덜했다.

반면 폭렬단주의 표정은 더욱 일그러져 있었다.

분명 이득을 취한 쪽은 그일진대 어찌 인상을 찌푸렸을까?

그것은 서윤이 취한 '수법' 때문이었다.

서윤이 뒤로 덜 밀린 것은 아까보다 더욱 강한 힘으로 부딪 쳤기 때문이 아니었다.

얼핏 두 사람이 정면으로 충돌한 듯했지만 실상은 그렇지 않았다. 폭렬단주의 공격은 서윤에게 정확하게 닿지 않았다.

이는 서윤이 뻗는 주먹의 목표가 폭렬단주의 공격을 깨뜨 리는 데 있지 않았기 때문이었다.

정면으로 부딪치지 않은 서윤의 공격은 폭렬단주의 공격이 뻗어오는 궤도를 일그러뜨렸다.

그것도 강한 힘으로.

쉽게 말해 두꺼운 방벽이 세워진 정면이 아닌 상대적으로 약한 측면을 친 것이다.

잔뜩 힘을 주어 만반의 준비를 한 곳이 아닌 상대적으로 취약한 부분을 치게 되면 와르르 무너지는 법.

그렇다 보니 폭렬단주가 받은 충격도 생각보다 컸다.

서윤이 비틀거리고 있음에도 바로 달려들지 않는 것만 봐도 알 수 있었다.

먼저 힘을 낸 쪽은 서윤이었다.

아주 작게 생긴 틈.

그것을 놓친다면 희망은 없는 것이나 마찬가지였다.

서윤이 다시 땅을 박찼다.

빠르게 접근하는 서윤. 그의 주먹에 실린 진기는 조금 전보다 더욱 위력을 더하고 있었다.

"차핫!"

서윤이 기합을 질렀다. 그와 함께 내상으로 인해 목구멍으로 넘어오던 핏물이 튀어나왔다.

서윤은 아랑곳하지 않고 주먹을 뻗었다.

폭렬단주 역시 검을 뿌렸다. 하지만 조금 전의 충격이 아직 남아 있는지 위력이 조금 줄어든 상태였다.

꽈앙!

더 큰 폭음이 사방을 울렸다.

"크헉!"

서윤이 짧은 비명과 함께 뒤쪽으로 나가떨어졌다. 그의 입에서 피가 분수처럼 뿜어져 나왔다.

뒤쪽으로 심하게 밀려 나간 건 폭렬단주 역시 마찬가지였다. 그의 입가에서도 핏물이 흘러내리고 있었다.

내상을 입었다는 뜻.

생각보다 심한 듯 몸을 일으키는 그의 모습이 굉장히 힘겨워 보였다.

'움직여야… 되는데……'

틈을 만들고 기회를 만들었다. 하지만 정작 서윤이 움직일 수가 없었다.

충분히 대비한다고 했지만 이미 가지고 있던 내상에 진기의 양도 충분치 않아 더 큰 내상을 입은 탓이었다.

"쿨럭!"

기침과 함께 피가 더욱 많이 흘러 나왔다.

적은 양이긴 하지만 내부에서 풍령신공의 진기가 빠르게 내상을 치료하고 있었다.

하지만 물리적으로 시간이 부족했다.

벌써 통증을 다스린 폭렬단주가 서윤을 향해 다가오고 있었던 것이다.

'조원들… 조원들……'

당장 자신이 죽을 위기에 처했음에도 서윤은 먼저 간 조원들을 떠올렸다.

그러면서 있는 힘을 다해 몸을 일으키려 했으나 몸이 말을 듣지 않았다.

"야! 이 개새끼야!"

그때 어디선가 걸쭉한 욕이 들려왔다.

서윤에게 다가가던 폭렬단주가 멈춰 서서 몸을 돌렸고 서윤도 힘겹게 고개를 들어 소리가 난 쪽을 바라보았다.

"내가! 그 정도로 뒈질 것 같냐! 이 씨팔놈아!"

그 자리에는 황보수열이 서 있었다. 초주검이 되어 금방이라도 숨이 끊어질 것처럼 보였던 그가 지금 이 자리에 나타난 것이다.

서윤은 반가움보다는 초조함이 앞섰다.

목숨을 부지했다면 어디로든 달려가 도움을 청했어야 했다. 그래야만 살 수 있었다.

그런데 어찌 성치 않은 몸으로 이곳까지 따라왔단 말인가.

"도망치십시오!"

서윤이 소리쳤다. 하지만 황보수열은 꿈쩍도 하지 않았다.

"너! 나랑 다시 붙자."

황보수열이 폭렬단주를 향해 손끝을 까딱거렸다.

명백한 도발. 그것을 본 폭렬단주가 파안대소를 터뜨렸다.

"크하하하!"

"난 이놈하고 볼일이 남았으니 조원들을 따라 가!"

폭렬단주의 반응은 거들떠도 보지 않고 황보수열이 서윤을 향해 소리쳤다.

"그럴 수 없습니다!"

"하, 내가 제일 싫어하는 게 조장 말 안 듣는 조원인데 말이지."

황보수열의 말에 서윤은 흔들리는 눈빛으로 그를 바라보았다. 천치가 아닌 이상 황보수열이 희생하려 한다는 걸 모를 수가 없었다.

그때 황보수열의 전음이 날아들었다.

[내가 산다고 해서 조원들이 사는 건 아니지만 자네가 살면

조원들도 살아! 그러니 어서 가!]

황보수열의 전음에 서윤이 주먹을 으스러지도록 쥐었다.

진기가 빠르게 내상을 치료해 나간 탓에 움직일 수는 있었다.

그리고 그의 말이 맞는 말이라는 것도 알고 있었다.

하지만 그렇다고 죽을 것이 뻔히 아는데 어찌 이대로 그를 두고 갈 수가 있단 말인가.

서윤이 힘겹게 몸을 일으켰다.

"두고 갈 수는 없습니다."

"어서 가라고!"

그것을 보고 있던 폭렬단주가 사나운 표정으로 입을 열었다.

"둘 다 죽여주마!"

그렇게 말하며 폭렬단주가 순식간에 황보수열과의 거리를 좁혔다.

몸이 정상일 때에도 제대로 반응하기 어려운 속도인데 몸이 상한 지금은 말할 것도 없었다.

쐐에에엑!

푹!

폭렬단주의 검이 황보수열의 몸을 파고들었다. 그리고 황보수열의 두 눈이 크게 뜨였다.

황보수열의 가슴팍을 뚫고 튀어나온 검.

눈 깜짝할 사이에 당한 황보수열이었다.

"안 돼!"

서윤이 소리쳤다. 그와 동시에 황보수열과 눈이 마주친 서윤은 다가갈 수가 없었다.

'오지마.'

황보수열이 힘겹게 고개를 저으며 서윤을 바라보았다.

서윤이 이를 악물고 주먹을 쥐었다.

손톱이 파고든 손과 있는 힘을 다해 악문 입술 사이로 핏물이 흘렀다.

"겨우 이거냐? 어? 이거야! 더 깊숙이 찔러야지!"

그렇게 말하며 황보수열이 있는 힘을 다 해 검을 잡고 있는 폭렬단주의 손을 움켜쥐었다.

"빨리 가라고, 이 새끼야!"

황보수열이 아직까지도 그 자리에 서 있는 서윤을 보며 악을 지르듯 소리쳤다.

서윤은 눈을 질끈 감았다.

그러고는 부들부들 떨리는 몸으로 잠시 그 자리에 서 있다가 이내 조원들이 달려간 방향 쪽으로 달려갔다.

쾌풍보를 펼친 서윤이 순식간에 멀어졌다.

'이 정도면 됐겠지……'

황보수열이 미소를 지었다. 짧은 시간이 흘렀지만 폭렬단주가 서윤을 쫓아가기 힘들 것이다.

폭렬단주를 붙들고 있던 황보수열의 손에서 점차 힘이 빠졌다.

잔뜩 일그러진 표정을 짓고 있던 폭렬단주가 거칠게 그의 몸에서 검을 뽑았다.

그러자 꿰뚫린 황보수열의 가슴에서부터 검붉은색의 피가 흘러나왔다.

"으아아아아아!"

잔뜩 화가 난 폭렬단주가 허공에 대고 괴성을 질렀다. 그러는 사이에도 서윤은 빠르게 멀어지고 있었다.

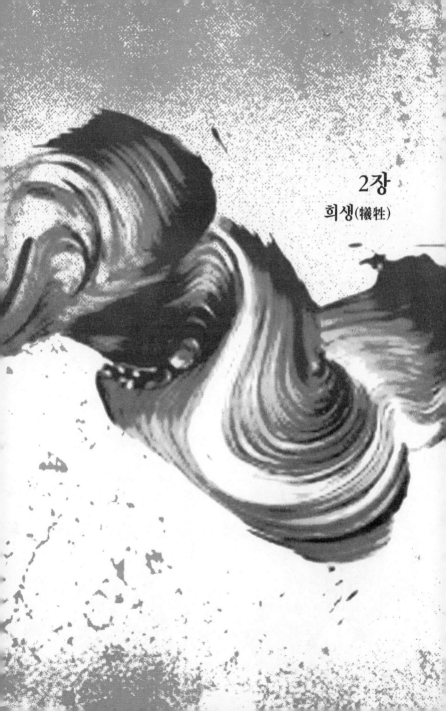

2장

희생(犧牲)

風神 徐閏

풍신 서윤

　빠르게 달리던 서윤은 외진 곳까지 와서야 속도를 조금씩 줄였다. 무작정 조원들이 달린 방향으로 뛰었지만 제법 오래 달렸음에도 흔적을 찾을 수가 없었다.

　싸움이 벌어졌다면 어떤 식으로든 흔적이 남았을 터.

　지나오는 동안 무엇도 발견할 수 없었던 까닭에 다행이라는 생각도 들었지만 한편으로는 불안했다.

　상황이 어떠하든 조원들이 무사한 것을 눈으로 봐야만 안심이 될 것 같았다.

　자정을 넘어서는 시간.

　어둠은 절정을 향해 가고 있었고 서윤의 마음은 조급해져만 갔다.

그렇게 서윤은 다시금 앞으로 나아갔다.

달리던 서윤이 다시금 발걸음을 멈춘 것은 짙은 어둠을 뚫고 희미하게 보이는 무언가 때문이었다.

멈춰 선 서윤은 한참을 그 자리에 서 있었다.

쓰러져 있는 사람. 살았는지 죽었는지는 아직까지 분간이 되지 않았다.

적이라면 그나마 다행이지만 조원들 중 한 명이라면.

만약 그렇다면 서윤은 감당하기 힘들 것 같았다.

처음으로 가져 본 동료.

함께 힘든 길을 헤쳐 왔고 함께 웃고 떠들었던 동료들이다.

그런 그들을 잃는 슬픔과 아픔.

이미 부모님과 신도장천을 떠나보낸 서윤에게 그것은 두 번 다시 겪고 싶지 않은 아픔이고 슬픔이었다.

서윤은 잠시 서서 심호흡을 했다.

그러고는 천천히 한 걸음을 내디뎌 가까이 다가가 무릎을 굽히고 앉아 얼굴을 확인했다.

"후……."

다행이라고 해야 할까. 시신의 얼굴은 낯선 이의 것이었다.

서윤이 다시 일어섰다.

그러고는 비장한 표정으로 땅을 박차고 나아갔다.

'근방이다!'

서윤의 귀에 전투 소리가 들리기 시작했다. 서윤은 더욱 속도를 높였다.

조금 더 달리자 서윤의 눈에 고군분투하고 있는 조원들의 모습이 보였다. 조원들 대부분이 옷이 찢기고 산발한 머리에 많은 상처를 입은 상태였다.

'헛!'

빠르게 달려 나가던 서윤은 갑작스레 자신을 향해 날아오는 무언가를 보며 헛바람을 들이켰다.

재빨리 몸을 튼 서윤은 날아오는 것이 검은 무복을 입은 적이라는 것을 알아차렸다.

'잘 걸렸다!'

피한 서윤은 자신의 옆으로 날아가는 적을 향해 냅다 주먹을 휘둘렀다.

진기가 실려 있음은 물론이었다.

퍼억!

큰 소리와 함께 날아가던 적이 그대로 땅에 꽂혔다.

메다꽂힌 적은 심한 충격에 몸을 부들부들 떨더니 이내 움직임을 멈추었다.

'제법이네.'

서윤이 전장을 바라보았다.

비록 상태가 좋지는 않았지만 조원들은 똘똘 뭉쳐 적들을 상대하고 있었다.

다행스럽게도 아직까지 목숨을 잃은 사람은 아무도 없었다.

하지만 이대로 가다가는 누구 한 명 죽어 나가는 것은 시간문제라 할 수 있었다.

팍!

서윤이 땅을 박찼다.

그리고 검은 무복을 입은 탓에 어둠 속에서 희미하게 보이는 적들 사이로 파고들었다.

퍼퍼퍽!

몇 차례의 격타음이 빠르게 들렸다.

그러자 조원들을 압박하던 적들의 기세가 조금 약해졌다. 덕분에 약간이나마 숨 돌릴 여유를 찾은 조원들의 눈에 서윤의 듬직한 등이 보였다.

"다들 괜찮습니까?"

"형님!"

단목성이 반가운 마음에 소리쳤다. 하지만 그것도 잠시, 주춤하던 적들이 다시 달려들었다.

서윤이 나타났기 때문인지 기척을 죽이고 더욱 은밀하게 달려들었다.

조원들도 겨우 코앞에 나타났을 때에나 반응할 수 있을 정도였다.

"합격진을! 어서!"

서윤이 소리쳤다.

비록 적들을 가운데에 몰아넣지는 못했지만 합격진이 아니고서는 적들을 상대할 방법이 없었다.

"하지만!"

천보가 주먹을 휘두르며 소리쳤다.

서윤은 그가 무슨 이야기를 하려는지 알 수 있었다.

적을 가운데에 둔 상태의 수련만 했지 포위된 상태에서의 개진 방법은 배운 적이 없었기에 무얼 어떻게 해야 할지 알 수가 없었다.

하지만 서윤이 합격진을 이야기한 데에는 이유가 있었다.

물론 가설이긴 했지만 원래의 개진 방법에서 등만 돌린 상태로 진을 펼친다면 등진 가운데에는 기운이 응집할 것이고 그 힘을 발판 삼아 밖에 있는 적들을 상대한다면 이 역시도 큰 힘을 발휘할 거라고 생각한 것이다.

성공한다는 보장은 없었지만 해보지 않는 것보다는 나았다.

무엇보다 서윤 스스로도 완전하지 않은 상태에서 조원들 모두를 지키면서 싸우는 것은 불가능에 가까웠다.

그렇다면 서윤도 조원들과 힘을 합쳐야만 했다.

그러기 위해서는 조금이라도 익숙한 합격진이 훨씬 나을

수 있었다.

"어서! 익히 아는 개진 방법에서 등만 돌린 채로!"

서윤이 자신을 향해 날아드는 검을 주먹으로 후려치며 소리쳤다.

그에 조원들은 반신반의하면서 자신들의 자리를 찾아가려 했다. 하지만 적들이 쉴 틈 없이 달려드는 탓에 그러기가 쉽지 않았다.

"빌어먹을."

나직이 중얼거린 서윤이 쾌풍보를 펼쳤다.

극성으로 펼치는 쾌풍보, 그것을 바탕으로 서윤이 적들 사이를 헤집고 다니기 시작했다.

어마어마한 기운을 뿜으며 쾌풍보를 펼쳤기 때문일까.

빠른 속도로 다가오기만 하는 데에도 적들은 엄청난 압박감을 느낄 수밖에 없었다.

워낙 빨라 제대로 보기도 어려운 데다가 어둡기까지 하니 그 위력이 상당했다.

신도장천이 서윤에게 쾌풍보를 가르칠 때 했던 이야기가 이런 점이었다.

쾌풍보만으로도 적을 압박할 수 있다는 것.

서윤이 그 의미를 온전히 깨달은 상태에서 쾌풍보를 펼치고 있는 것인지는 알 수 없었지만 이 모습을 신도장천이 봤다면 흐뭇한 미소를 지을 수 있을 정도였다.

어쨌든 서윤이 적들을 압박하며 시간을 번 사이 조원들이
자신의 자리를 찾아 움직이기 시작했다.

모두가 제자리를 찾아 들어가자 조원들의 등 뒤로 묵직한
기운이 모여들기 시작했다.

등 뒤로 넓은 공간이 생겼지만 조원들은 더없이 든든함을
느꼈다.

마치 서로의 등을 의지하고 있는 것 같은 느낌.

등 뒤를 걱정하지 않아도 된다는 생각이 들자 조금씩 자신
감이 붙기 시작했다.

거기에 지금 자신들 곁에는 서윤까지 있지 않은가.

합격진이 완벽할 수는 없다. 그리고 황보수열도 없다.

비록 서윤 한 명뿐이지만 자신들이 위험해지면 반드시 구
해줄 것이라는 믿음이 있었다.

멀찌감치 적들을 밀어낸 서윤이 멈췄다.

뒤쪽에서 느껴지는 강한 기운.

서윤의 입가에 미소가 번졌다. 자신의 생각이 맞았기 때문
에?

아니었다.

적어도 지금 이 위기를 이겨낼 수 있겠다는 생각이 들었기
때문이었다.

적들도 쉽게 공격하지 못했다.

섣불리 달려들었다가는 당할 수 있다는 걸 느낀 까닭이었다.

하지만 그들에게는 자신감이 있었다.

이길 수 있다는 자신감.

버거운 상대는 서윤 한 명이었다. 한 명으로는 자신을 막을 수 없다고 믿었다.

게다가 방금 전의 움직임으로 서윤도 많이 지친 것이 보였다.

이곳에 나타났다는 건 자신들의 단주가 당했거나 움직이기 어려울 정도의 부상을 입었다는 뜻이었다.

그렇다면 서윤 역시 정상이 아니라는 것 정도는 계산할 수 있었다.

생각이 정리되자 적들이 움직이기 시작했다.

신중하게. 천천히.

마치 먹잇감을 앞에 둔 맹수가 신중하게 기회를 포착하듯 폭렬단도 쉽게 움직이지 않았다.

소강상태인 듯했지만 그 사이에 흐르는 긴장감은 그 어느 때보다 팽팽했다.

일각의 시간이 흐르고 한 식경이 지났다. 찰나의 시간이 억겁같이 느껴졌다.

어느 한쪽 섣불리 공격할 수 없는 상황.

숨 막히는 긴장감에도 서윤은 집중력을 놓치지 않았다.

먼저 움직이는 쪽은 화를 면치 못한다.

이는 폭렬단 역시 똑같이 하고 있는 생각이었다.

모든 이가 같은 생각을 하고 있으면 좋으련만. 모두가 집중력을 높이고 참을 수 있으면 좋으련만.

하지만 모든 이의 성정이 같을 수는 없었다.

"이야압!"

"안 돼!"

서윤이 소리쳤다.

불행히도 이 상황을 견디지 못한 사람은 조원 중에 있었다.

먼저 치고 나간 이는 위지강이었다.

그가 움직임으로 인해서 합격진이 깨졌고 위력적으로 뿜어내던 기운이 순식간에 사그라들었다.

"쳐라!"

적들 중 누군가가 소리침과 동시에 일제히 적들의 공격이 시작되었다.

파팍!

서윤이 땅을 찼다.

그가 박찬 땅이 마치 진흙처럼 움푹 파였다.

그만큼 있는 힘을 다해 움직인 서윤이다.

슈우욱!

서윤의 주먹이 위지강에게 쇄도하는 검들을 향해 쏘아졌다.

콰쾅!

서윤의 주먹에 담긴 진기가 대여섯 개의 검을 쳐냈다.

울컥!

목구멍으로 넘어오는 핏물. 나아가던 내상이 다시 번진 것이다.

하지만 그 때문에 멈춰 설 수는 없는 노릇.

억지로 핏물을 삼킨 서윤이 다시 움직였다.

합격진이 깨지면서 적들의 집중포화가 쏟아지고 있는 상황. 이대로라면 전멸할지도 모를 일이었다.

"하압!"

서윤이 기합을 내질렀다.

그리고 쏟아지는 초식.

쿠와아아앙!

순식간에 빨아들인 기압과 진기가 한 번에 폭발하며 용음을 내었다.

다시 한 번 펼쳐지는 광풍난무의 초식.

광풍에 휩쓸린 적들이 갈기갈기 찢어졌다.

"푸욱!"

서윤이 입으로 피를 뿜었다.

걷잡을 수 없이 번져 가는 내상. 풍령신공의 진기가 서둘러 내상을 다스리고는 있으나 서윤은 한계에 다다르고 있었다.

"어서! 호남성으로! 무림맹으로!"

서윤이 소리쳤다.

지리는 알지 못한다. 하지만 상대적으로 지리에 밝은 천보

가 길을 안내했다면 아니, 다른 조원 중 누군가가 안내했다면
분명 호남성으로 길을 잡았으리라.

현재 중원에서 그나마 안전한 곳을 꼽으라면 무림맹이 자
리 잡은 호남성일 것이다.

서윤의 외침에 조원들이 필사적으로 적들의 공세를 막아내
며 천천히 움직였다.

하지만 이대로라면 빠져나가는 것은 요원하리라.

서윤이 통증을 이겨내고 다시 움직였다.

도대체 몇이나 있는 것인지.

짙은 어둠 속에서 쏟아지는 검을 겨우겨우 막아내며 조원
들의 퇴로를 확보해 나갔다.

그러는 사이 서윤의 몸에도 상처가 늘어갔다.

움직임이 느려지기 시작했고 적들이 서윤을 상대하는 것을
더 이상 버거워하지 않았다.

서윤은 이를 악물었다.

"악!"

그렇게 노력했음에도 부족했던 것일까. 조원들 사이에서 비
명이 흘러 나왔다.

서윤의 방어막을 뚫은 적들이 조원들을 공격하기 시작한
것이다.

조원의 비명을 들었기 때문일까.

서윤은 퍼뜩 정신을 차렸다. 아득해지는 정신을 겨우 붙잡

왔다.

이대로 주저앉을 수는 없다.

죽더라도 지금은 아니다.

서윤의 집중력이 높아졌고 정신력이 살아나기 시작했다.

"절대 안 된다!"

서윤이 소리치며 주먹을 질렀다.

콰쾅!

서윤이 또다시 세 명의 적을 한 번에 날려 버렸다. 뿜어내는 초식의 위력이 더욱 강해진 듯했다.

어찌 이럴 수 있을까.

얼굴을 가린 복면 위로 드러난 폭렬단원들의 눈빛이 흔들리기 시작했다.

사람인가? 괴물인가?

힘에 겨워하는 서윤의 눈빛은 사그라지지 않았다.

그러는 사이 조원들이 조금 멀어진 느낌이 들었다.

더 빨리 갔으면 하는 마음이 컸지만 부상자가 있기 때문에 어쩔 수 없었다.

"후……."

서윤이 호흡을 가다듬었다. 그러는 와중에도 내부에서는 통증이 계속되고 있었다.

하지만 서윤은 인상 하나 찌푸리지 않았다.

'저놈들의 기를 살려줄 수는 없지.'

서윤이 더욱 어깨를 폈다. 그리고 있는 힘껏 통증을 참아냈다.

'난 아무렇지도 않다. 그러니 덤벼라, 다 죽고 싶으면.'

눈빛으로, 표정으로, 자세로 말했다.

"와라!"

서윤이 소리쳤다.

속 깊은 곳에서부터 터져 나오는 소리.

족히 이십은 되는 것 같은 적들이 일제히 서윤을 향해 달려들기 시작했다.

그리고 서윤의 눈이 빛났다.

*　　　　*　　　　*

조원들은 정신없이 달렸다.

뒤에 누가 따라오고 있는지 아닌지도 몰랐다.

말 그대로 정신을 놓고 앞만 보고 달렸다.

그렇게 한참을 달려 호남성의 경계까지 왔을 때 조원들의 속도가 줄어들었다.

정신력으로 버티며 최대한의 속도로 달리기에는 이미 한계를 넘어버린 상황이었다.

특히나 부상자를 업은 몇몇은 더더욱 그 정도가 심했다.

결국 조원들은 멈춰 섰다. 대략 오 리 정도만 더 가면 호남성이었지만 더 이상 갈 힘이 남지 않았다.

어느덧 조금씩 날이 밝아오는 시간.

적들이 뒤쫓아 오는 기척은 느껴지지 않았다. 물론 그들이 은밀함에 있어서는 살수들 못지않다고 하나 끝장을 보려 했다면 날이 밝기 전에 수를 썼을 것이다.

다들 지쳐 숨을 헐떡이면서도 서윤을 떠올렸다.

뒤늦게 떠올리긴 했지만 모두가 그 자리에 남은 서윤의 안위를 걱정했다.

황보수열을 대신해 조원들을 이끌고 있는 천보는 연신 불경을 외고 있었다.

모두가 서윤이 무사하길 바라고 있었지만 한편으로는 그 상황에서 살아남기 어렵다는 것을 머리로 알고 있었다.

숱한 위험에서 자신들을 구해주고 자기 자신보다는 조원들을 먼저 생각했던 서윤.

권왕의 제자이며 한 수 위 실력을 가지고 있음에도 드러내지 않으려 했던 그 마음가짐과 태도.

모두가 서윤의 안위를 걱정하는 이유였다.

그렇게 약간의 시간이 흘렀다.

주저앉아 있던 천보가 자리에서 일어났다.

조금만 더 가면 무림맹이 있는 호남성.

의협대에 복귀하더라도 일단은 무림맹에 들려 지금까지의 모든 상황을 보고해야 했다.

"다들 조금만 더 힘내십시오. 호남성이 코앞입니다."

천보의 말에 모두가 힘겹게 자리에서 일어났고, 부상자들은 부축을 받았다.

호기롭게 시작했으나 패잔병과 다름없는 모습을 한 의협대 삼 조가 호남성으로 들어섰다.

*　　　　*　　　　*

종리혁과 제갈공은 무림맹 정문 앞에 나와 있었다.

그 덕분에 정문을 지키는 문지기 무사들은 잔뜩 긴장한 채 움직이지도 못하고 본의 아니게 벌을 서야 했다.

무림맹 정문에 나와 있는 두 사람의 모습은 그 어느 때보다 초조해 보였다.

안절부절못하는 그들의 모습을 보니 누군가를 기다리는 듯 했다.

그렇게 얼마의 시간이 흘렀을까.

무림맹 정문을 향해 마차 몇 대가 빠르게 다가오고 있었다.

마차가 다가오는 것을 확인한 두 사람은 길게 목을 빼고 쳐다보았다.

"맞는 듯합니다!"

제갈공이 반기듯 소리쳤다. 그에 종리혁은 대답 대신 몇 걸음 다가가며 마차를 맞이할 뿐이었다.

마차들이 정문 앞에 섰다.

그리고 문이 열리며 한 무리의 사람들이 내렸다.

얼마 전 폭렬단의 추격을 뿌리치고 호남성에 들어선 의협대 삼 조였다.

"부상이 있는 자들은 마차에 태워 얼른 안으로 데려가도록."

"예!"

종리혁의 말에 힘겹게 내렸던 부상자들이 다시 마차에 올랐고 하나의 마차가 곧장 무림맹 안으로 들어갔다.

*   *   *

"맹주님을 뵙습니다."

천보의 목소리는 낮았고 힘이 없었다.

다른 조원들 역시 그와 크게 다를 게 없었다. 표정은 어두웠고 몸에 힘이 빠져 있었다.

"고생 많았다."

종리혁은 조원들을 보고 다른 말을 할 수가 없었다. 어떤 위로가 그들의 마음을 어루만져 줄 수 있겠는가.

하지만 충분히 위로가 되었는지 조원들 중에서 흐느끼는 인원이 하나둘씩 생기기 시작했다.

그간의 힘든 마음이 이제야 북받쳐 오른 것이다.

"나머지도 마차에 오르도록. 일단은 숙소에 가서 쉬게. 천보는 술시(戌時) 초까지 맹주실로 오고."

"알겠습니다."

조원들이 종리혁과 제갈공에게 묵례를 하고는 다시 마차에 올랐다.

마차가 무림맹 안으로 들어서고 종리혁과 제갈공도 천천히 발걸음을 옮겼다.

"역시나 없군요."

"이미 보고를 받지 않았는가. 안타깝지만 어쩔 수 없는 노릇이지."

제갈공이 말한 이는 서윤과 황보수열이었다.

호남성에 도착하자마자 지부를 찾은 조원들이 본단에 보고를 올린 상태였다.

"어쩔 수 없는 일이긴 하지만 너무나 아쉽습니다. 특히 서윤 같은 경우는……."

"아쉽지. 권왕 선배님의 하나뿐인 전인인데. 자세한 이야기는 저녁때 들어보세."

그렇게 말한 종리혁이 묵묵히 앞으로 걸어갔다. 제갈공 역시 말없이 어두운 표정으로 뒤따랐다.

날이 어둑해질 무렵 천보가 맹주실을 찾았다. 약속한 술시 초보다 조금 늦은 그가 서둘러 맹주실의 문을 열고 들어가면

서 말했다.

"늦어서 죄송합니다."

"피곤하면 그럴 수도 있지. 앉게."

종리혁이 천보에게 자리를 권했다. 그에 종리혁과 함께 맹주실에서 기다리고 있던 제갈공도 그의 맞은편에 앉았다.

"기억을 다시 되새김질하는 게 힘들겠지만 말해보게."

"사실 보고를 어디까지 들으셨는지 정확히 알지 못합니다."

"합산에서 보내온 보고가 마지막이라네."

"역시……."

제갈공의 말에 천보가 고개를 끄덕였다. 감도생으로 변장한 폭렬단주와 만난 이후로의 보고가 제대로 이뤄지지 않은 것이다.

"우여곡절 끝에 불산에 도착했습니다. 피해는 있었지만 상행을 완수할 수 있었지요. 끝났다고 생각했습니다. 마음을 놓았습니다. 하지만 끝이 아니었지요. 시작이었습니다."

그렇게 말한 천보가 살짝 인상을 찌푸렸다. 두 사람은 그가 다시 말을 잇기까지 기다려 주었다.

"저희는 보고도 올리고 이후 명령을 받기 위해 조경 지부로 향했습니다. 하지만 조경 지부는 범굴이었습니다."

"범굴?"

"예. 애초에 저희가 만난 자들은 조경 지부장과 조경 지부 무인들이 아니었습니다. 폭렬단주와 폭렬단이 변장한 것이었지요."

"폭렬단?"

"예. 혹시, 합산 지부의 일도 듣지 못하셨습니까?"

"들었네. 하지만 그 일이 폭렬단이라는 부대의 짓이라는 건
몰랐지."

제갈공의 대답에 천보가 고개를 끄덕이더니 말을 이었다.

"조경 지부가 심상치 않다는 것을 가장 먼저 알아차린 사람
은 서윤 시주였습니다. 저희를 모두 불러내 밖에 모였을 때 폭
렬단주가 나타났고 그들의 손에는 초주검이 된 황보 시주가
붙잡혀 있었습니다."

"그때 죽은 것인가."

묻는 종리혁의 목소리는 낮게 가라앉아 있었다.

"저희가 봤을 때에는 숨이 붙어 있었습니다. 하지만 저희가
그곳을 빠져나온 이후에는 어떻게 되었을지 모르겠습니다."

황보수열이 서윤을 위해 자신을 희생하고 생을 마감했다는
사실을 모르는 천보는 황보수열이 조경 지부 안에서 목숨을
잃었을 것이라 짐작하고 있었다.

"서윤 시주가 조경 지부 내에서 적들을 막아서고 저희의 퇴
로를 확보해 주었습니다."

"그럼 서윤도 그곳에서 변을 당한 것인가?"

제갈공의 물음에 천보가 고개를 저었다.

"아닙니다. 한참 뒤 서윤 시주는 다시 나타났습니다. 위기에

처한 저희를 도왔지요. 하지만 폭렬단주가 다시 나타나면서 상황이 더욱 어려워졌습니다. 결국 그곳에서 서윤 시주가 다시 한 번 무리를 하며 저희의 퇴로를 뚫어주었습니다. 그 후 저희는 다시 자리를 피했으나 얼마 안 있어 또다시 적들의 공격을 받았지요. 그리고 또 한 번 서윤 시주의 도움을 받았습니다. 그 이후에는……."

천보는 말을 잇지 못했다.

그 상황의 절박함. 그리고 서윤에 대한 미안함 등이 한꺼번에 밀려왔기 때문이었다.

"그 이후에 저희는 서윤 시주를 보지 못했습니다. 그 덕분에 저희가 이곳에 있는 것이고요."

천보의 말에 종리혁과 제갈공은 말을 잇지 못했다.

세 번이나 조원들을 구했다지 않는가.

서윤의 실력이라면 홀로 몸을 빼내는 정도는 어렵지 않았을 것이다. 하지만 그럼에도 조원들을 살리기 위해 자신을 희생했다.

더 이상 무슨 말이 필요하겠는가.

"알았네. 돌아가 보게. 자네들은 당분간 임무 없이 회복에 전념하게."

"알겠습니다."

천보가 자리에서 일어섰다. 그리고 맹주실을 나서려다가 멈춰 서서는 물었다.

"다른 조들은 어떻게 되었습니까?"

천보의 물음에 종리혁과 제갈공의 표정이 더욱 어두워졌다.

잠시 적막이 흐르고. 종리혁이 힘겹게 입을 열었다.

"전멸이네."

*　　　*　　　*

불산에서의 일정을 모두 마친 설궁도와 설시연은 떠날 채비를 했다.

모두가 돌아가는 것을 말렸지만 돌아가서 해야 할 일이 많은 설궁도가 이곳 불산에서 계속 머물 수도 없는 노릇이었다.

대신 광서성을 거쳐 가는 대신 호남성을 가로질러 북상하기로 했다.

"준비는 다 했느냐?"

"네. 가요."

설궁도의 물음에 설시연이 짤막하게 대답했다. 불산을 출발하고 나면 어떤 일이 또 벌어질지 몰라 긴장했기 때문이었다.

"소상주님, 아가씨, 조심하십시오."

배웅 나온 황노가 걱정스러운 표정으로 말했다. 그를 보며 미소를 지어 보인 설궁도가 입을 열었다.

"황노도 조심하십시오. 세상이 흉흉하니 언제 어디서 무슨 일이 벌어질지 모르겠습니다."

"이 노인네야 살 만큼 산 사람이 아니겠습니까? 제 걱정일
랑 마시고 상단주님께도 안부 전해주십시오."

황노가 허리를 숙였다. 그를 뒤로하고 설궁도 일행이 섬서
성으로 출발했다.

3장
결의(決意)

風神徐間
풍신서윤

불산을 떠난 지 열흘.

섬서성으로 돌아가는 설궁도 일행은 광동성을 지나 호남성에 도착했다.

그때까지도 설궁도 일행은 먼저 떠난 의협대와 관련된 소식을 듣지 못했다. 다만 안 좋은 소식이 들리지 않으니 걱정이 되기는 하지만 무사할 것이라 생각하며 겨우 마음을 다잡을 뿐이었다.

호남성에 도착한 설궁도 일행은 곧장 지부가 있는 형양(衡陽)으로 방향을 잡았다.

무림맹이 있는 형산과 지척에 있는 곳인 만큼 그곳에 들러 의협대의 소식을 알아보기 위함이었다.

설시연의 얼굴에는 무사히 호남성에 들어와 다행이라는 기색과 서윤 일행이 어떻게 되었는지 걱정하는 기색이 언뜻언뜻 스쳤다.

호남성으로 들어온 대륙상단 일행은 느리지도, 빠르지도 않게 형양으로 향했다.

대륙상단 형양 지부에 도착한 설궁도 일행은 마치 섬서성에 있는 본단에 도착하기라도 한 듯 편안한 표정을 지었다.

그만큼 지금까지 차올랐던 긴장이 상당했음을 뜻했다.

설궁도 일행이 오고 있다는 소식을 들은 형양 지부장이 정문 앞에 마중을 나와 있었다.

가까워지는 설궁도의 얼굴을 본 형양 지부장 문한성(文寒惺)의 눈빛은 흔들리고 있었다.

평소 감정의 기복이 없고 속마음을 잘 드러내지 않는 성격임에도 눈빛이 흔들리고 있다는 건 그만큼 이번 상행을 떠난 그들을 걱정하는 마음이 컸다는 뜻이었다.

하지만 그들이 좀 더 가까워지자 평소처럼 마음을 다잡았다.

일행들이 모두 말과 마차에서 내리자 문한성이 그들에게 다가갔다.

"어서오십시오. 무사하셔서 다행입니다."

문한성이 허리를 굽히자 그와 함께 나와 있던 지부 사람들도 모두 허리를 굽혔다.

"오랜만입니다. 문 지부장."

"예. 고생 많으셨습니다."

문한성이 공손하게 답하고는 곁에 있던 수하에게 말했다.

"짐은 모두 정리하고 각자 거처로 안내하도록. 오늘은 방문객을 받지 않을 것이다."

"알겠습니다."

"들어가자꾸나."

설궁도의 말에 설시연이 고개를 끄덕이고는 말없이 설궁도를 따라 지부 안으로 들어갔다.

지부 상인들이 서둘러 짐을 옮겼고 이내 정문이 굳게 닫혔다.

준비된 처소에서 편한 옷으로 갈아입은 설궁도와 설시연은 문한성의 집무실로 향했다.

두 사람이 집무실에 도착하자 문한성이 기다리고 있었다는 듯 두 사람을 안으로 안내했다.

상석을 설궁도에게 권한 문한성이 그의 옆에 앉아 찻잔에 조심스레 차를 따랐다.

"지부에는 별일 없는가?"

"예, 별일 없습니다. 정말 고생 많으셨습니다. 무사하셔서 다행입니다."

"운이 좋았지. 연아도 고생했고."

그렇게 말한 설궁도가 찻잔을 입에 가져갔다. 마찬가지로 찻잔을 들던 설시연이 멈칫하더니 아까부터 묻고 싶었던 것을 입 밖에 내었다.

"혹시 우리와 상행을 함께했던 의협대 소식은 들은 바가 없나요? 먼저 출발했는데."

"그들이라면 얼마 전 무림맹에 도착한 것으로 압니다."

"그래요?"

설시연이 조금은 안심이 된다는 듯 작은 한숨을 내쉬며 대답했다.

'그런데 기별이 없어?'

그런 생각을 하자 왠지 서윤이 괘씸해지는 설시연이었다.

"다들 무사하다던가?"

이어진 설궁도의 물음에 문한성이 선뜻 대답을 하지 못했다. 그사이 차를 한 모금 마시고 잔을 내려놓은 설시연의 표정이 살짝 굳었다.

"전부는 아닌 것으로 압니다. 부상자도 많았고 목숨을 잃은 자도 있는 것으로 들었습니다."

문한성의 대답에 설궁도와 설시연의 얼굴에 걱정하는 기색이 짙어졌다.

"특별히 궁금한 사람이 있으십니까?"

"실은 그들 중 종조부님의 손자가 있다네. 우리에게는 친형제나 다름없지."

"그렇군요. 신경 쓰지 않아 누가 어떤지는 자세히 알아보지 못했습니다. 알아보겠습니다."

"부탁하네. 알아보기 어려울 것 같다면 우리가 방문을 해도 되니 기별이라도 넣어주게."

"알겠습니다. 바로 조치하겠습니다."

그렇게 말한 문한성이 자리에서 일어나 집무실 문을 열었다. 그러고는 밖에 대기하고 있던 수하에게 몇 가지 명을 전달하고는 다시 자리로 돌아왔다.

"저녁 시간 전까지는 소식이 올 겁니다."

문한성의 말에 설시연이 딱딱하게 굳은 표정으로 고개를 끄덕였다.

서윤의 성격과 적들의 힘을 생각해 보았을 때 서윤이 가장 안전할 수도 있겠지만 반대로 가장 위험할 수도 있었다.

무사하다면야 다행이지만 그렇지 않다면 큰일이라 할 수 있었다.

"본가의 할아버지 소식은 들은 게 있는가?"

"아직 크게 차도가 있다는 이야기는 듣지는 못했습니다만, 최근에 의원 한 명이 어르신 곁에 붙어 있다고 합니다."

"의원이? 혹, 의선을 찾기라도 한 것인가?"

"아닙니다. 의선을 찾으려는 장강 쪽의 움직임은 계속되고 있습니다."

"그렇군. 그래도 제법 실력 있는 의원이 왔을 테니 기대를
해봐야겠지."

설궁도의 말에 문한성도 짧게 대답하며 고개를 끄덕였다.

"너무 걱정 말거라. 윤이도 무사할 것이고 할아버지께서도
곧 깨어나실 테니."

"네, 알았어요."

짧게 대답하는 설시연의 목소리는 가늘게 떨리고 있었다.

저녁 식사 시간이 될 때까지도 문한성으로부터는 아무런
전갈이 없었다. 시간이 지날수록 초조한 마음이 커져만 가는
설시연은 식사를 어떻게 했는지 모를 정도로 정신이 다른 곳
에 가 있었다.

그리고 식사를 마무리할 때쯤 식당 밖에서 누군가가 들어
오더니 문한성에게 다가가 귓속말로 무슨 이야기를 했다.

짧은 말을 전해 들은 문한성의 표정이 무거워졌다.

"식사 다 하셨으면 제 방에 가서서 차 한 잔 하시는 게 어떻
겠습니까?"

나직한 그의 말에 설궁도와 설시연은 말없이 고개를 끄덕
인 뒤 자리에서 일어났다.

집무실의 분위기는 무거웠다.

아직 그의 입에서 아무런 말도 나오지 않았지만 분위기만으로도 좋은 소식은 아니라는 것을 짐작할 수 있었다.

설궁도와 설시연은 최악은 아닐 것이라 생각하며 애써 마음을 다잡고 문한성의 입이 열리기를 기다리고 있었다.

문한성은 찻잔에 차를 모두 따르고 나서야 입을 열었다.

"말씀하신 부분에 대해서 알아봤습니다. 우선 사망자는 조장이었던 황보수열이라고 합니다."

"음……."

설궁도가 무거운 신음을 내뱉었다.

사망자가 서윤이 아닌 것이 다행이긴 했으나 생사의 고비를 함께 넘겼던 그의 죽음이 굉장히 안타까웠다.

"그리고 서 소협은……."

서윤에 대한 이야기가 나오자 설궁도와 설시연은 문한성의 입만 바라보고 있었다.

"실종이라고 합니다."

"실종이라고요?"

깜짝 놀란 설시연이 물었다.

"예, 실종이라고 합니다. 조원들의 퇴로를 확보해 준 후로 소식이 끊겼다고 합니다."

"자세한 내용은 모르는가?"

"예, 그것까지는 알아보기가 어려웠습니다."

문한성의 대답에 설궁도와 설시연의 얼굴이 급격히 어두워졌다.

"날이 밝으면 무림맹에 가봐야겠어."

"알겠습니다."

천보를 만나 자세한 이야기를 들어봐야 할 것 같다는 생각
에 설궁도는 상단 복귀를 잠시 미루고 무림맹 방문을 결정했
다.

짧은 대화를 끝내고 방으로 돌아가는 설시연의 표정은 충
격 때문에 아직도 딱딱하게 굳어 있었다.

다음 날 아침.

밤새 잠을 설친 설시연은 설궁도와 함께 무림맹으로 출발했
다.

하루가 꼬박 걸리는 거리기에 두 사람은 일찍부터 형양 지
부를 떠났다.

*   *   *

무림맹에 도착한 후 휴식을 취한 의협대 삼 조의 본대 복귀
가 취소되었다.

다른 조가 전멸한 상태에서 의협대에 복귀한다 한들 아무
의미가 없기 때문이었다.

본대 복귀 취소가 결정되었다면 직후에 다른 부대로의 합류
가 바로 정해져야 했지만 의협대 삼 조는 일단 대기 상태였다.

현재의 상황이 여의치 않았던 까닭이었다.

일단 무림맹 내부에 존재하는 대부분의 전투 부대는 구파일방과 함께 녹림 토벌에 차출되어 나가 있는 상태였다.

그 외 정예 부대는 조원들이 들어갈 수 있는 수준이 아니었다.

그렇다 보니 무림맹 내에서 붕 떠 있는 상황이 되어버렸다.

눈칫밥을 먹고 지내는 시간이 길어질수록 조원들의 사기는 떨어져만 갔고, 종리혁과 제갈공은 이들을 본단으로 돌려보내는 방안을 논의 중에 있었다.

"훅!"

천보가 굵은 날숨과 함께 주먹을 뻗었다.

탄탄한 근육이 박힌 팔뚝에 맺혀 있던 땀방울들이 허공으로 흩어졌다.

천보의 표정은 비장했다.

이번 일로 자신의 힘이 얼마나 부족한지 여실히 깨달았다.

노력을 하지 않았던 것은 아니지만 소림이라는 사문의 울타리 안에서 어깨를 펴고 지낸 지난 세월이 너무나 창피했다.

사문을 떠나 세상 밖으로 나가자 자신은 그저 아주 작은 존재에 불과했다.

서윤이 없었다면 어떻게 되었겠는가.

이미 죽은 목숨일지도 몰랐다. 그 어렵고 험한 길을 헤쳐

오는 동안 자신과 조원들은 거추장스러운 짐에 불과했다.

비록 확실한 것은 아무것도 없다지만 행방불명된 서윤의 희생을 헛되이 만들 수는 없었다.

그것에 보답하는 길은 끝없는 수련을 통한 성장과 복수밖에 없었다.

"조장님."

수련하는 천보에게 단목성이 다가왔다. 황보수열의 죽음이 확인된 후로 조원들은 천보를 조장으로 부르고 있었다.

단목성 역시도 수련을 하고 있었는지 이마에 땀이 흥건했다.

"무슨 일입니까?"

"대륙상단의 소상주와 설시연 소저가 찾아왔다고 합니다. 정문을 지났답니다."

설궁도와 설시연이 찾아왔다는 이야기에 천보의 얼굴이 어두워졌다.

'두 사람에게 서윤의 이야기를 어떻게 해야 한단 말인가!'

이미 어느 정도 알고 자세한 이야기를 들으러 왔을 것이다. 하지만 그렇다 해도 그때의 상황을 전해야 하는 천보의 마음이 편할 리가 없었다.

"알겠습니다. 도착하면 두 분을 제 처소로 모셔 와주십시오."

"그러겠습니다."

단목성이 물러가고 잠시 그 자리에 서 있던 천보가 깊은 한
숨과 함께 자신의 처소로 돌아갔다.

"어서 오십시오."

"잘 지내셨습니까?"

안부를 묻는 설궁도의 목소리는 무겁게 가라앉아 있었다.
서윤과 관련된 일을 묻기 위해 찾은 것이지만 천보의 얼굴에
서 그간의 마음고생을 고스란히 읽을 수 있었기 때문이었다.

"앉으십시오. 처소가 조금 좁아서 불편하지 않을까 모르겠
습니다."

천보가 설궁도와 설시연에게 미리 준비해 둔 자리를 권했
다.

"마음고생이 심하셨던 모양입니다."

"아닙니다. 이제는 괜찮습니다."

괜찮다고는 했지만 천보 역시 지금의 상황이 여러 모로 견
디기 어려운 것은 사실이었다.

"서윤 시주의 일로 오신 것으로 압니다."

"그렇습니다."

천보가 먼저 서윤의 일을 거론하고 나오자 설궁도가 고개
를 끄덕이며 대답했다.

"후, 불산을 떠나온 이후의 일을 다 말씀드리겠습니다."

천보의 말에 설궁도와 설시연은 긴장하며 집중하기 시작했다.

"먼저 그 이야기를 드려야겠군요. 조경 지부장인 감도생. 그자가 벌인 일이었습니다."

천보의 말에 설궁도와 설시연의 얼굴이 경악으로 물들어갔다.

"도대체 왜? 변절이라도 한 것입니까?"

설궁도의 물음에 천보가 가만히 고개를 저었다.

"그자는 감도생이 아니었습니다. 감도생인 척한 폭렬단주였지요. 처음 우리와 합류했을 때부터. 그때부터 기회를 엿보고 있었던 겁니다."

"그렇다면……."

"맞습니다. 불산을 떠나 조경 지부에 도착했을 때 사달이 났지요."

그렇게 시작해 천보는 그날 있었던 일을 털어 놓았다.

이야기를 듣는 동안 설궁도와 설시연의 표정은 점점 더 어두워져 갔다. 특히 설시연은 차마 천보의 얼굴을 똑바로 쳐다볼 수 없었는지 듣는 내내 눈을 감고 있었다.

굳게 닫힌 그녀의 눈꺼풀은 계속해서 파르르 떨렸다.

"그런 서윤 시주의 희생 덕분에 저희는 무사히 무림맹에 도착할 수 있었습니다."

천보의 이야기가 모두 끝났다.

파르르 떨리던 눈을 뜬 설시연은 말문이 막힌 듯 입을 열기를 주저했다.

그건 설궁도 역시 마찬가지였다. 무슨 이야기를 어떻게 해야 할지가 막막했다.

그 긴박한 상황에서 물불 가리지 않고 조원들을 구하기 위해 있는 힘을 다 쥐어짜지 않았겠는가.

조원들을 보내고 홀로 남아 쏟아지는 적들의 칼날을 받아냈을 서윤을 생각하면 가슴이 먹먹해져 아무런 말도 할 수가 없었다.

"실종이라고 했죠?"

설시연이 어렵게 입을 열었다.

"그렇습니다. 무림맹에서도 조사를 위해 사람들을 파견한 상태입니다. 진짜 감 지부장은 조경 지부 지하에 있는 옥사에 겨우 목숨만 부지한 채 갇혀 있었다고 합니다. 무인으로서의 생명은 끝났다고 하더군요. 황보 시주의 시신도 발견했습니다만 서윤 시주의 시신은 발견하지 못했다고 합니다. 그래서 저희도 희망을 놓지 않고 있습니다."

가라앉은 천보의 목소리 속에서도 작은 희망도 놓지 않으려는 굳은 의지가 고스란히 드러나고 있었다.

"살아 있을 거예요."

그렇게 말한 설시연이 자리에서 일어났다.

그녀는 절대로 우려하는 일이 벌어지지 않았을 것이라 굳게 믿고 있었다.

"만약에라도……"

그녀가 잠시 말을 끊었다. 그러고는 싸늘하게 식은 눈빛으로 말을 이었다.

"생각하기도 싫은 그런 일이 벌어졌다면 저들은 결코 살아서 숨 쉬기 어려울 거예요."

'검왕의 전인이 각성하는 계기가 되는 것인가? 하필이면 왜 권왕의 진전을 이은 서윤 시주의 희생이 그 계기가 된단 말인가. 아쉽고 또 안타깝구나! 아미타불.'

천보가 설시연을 보며 속으로 생각했다.

서윤이 무사하다면 설시연과 함께 다시금 무림이왕의 세상을 만들어갈 수 있지 않았을까 하는 생각에 진한 아쉬움과 안타까움이 밀려왔다.

"가요, 오라버니."

설시연의 목소리에는 흔들림이 없었다.

가슴 아프지만 그녀도 이러고 있을 수는 없다고 생각했다. 설시연의 머릿속에 떠오른 건 할아버지인 검왕 설백이었다.

설백이 언제 눈을 뜰지 모르지만 서윤이 돌아오기 전까지 어떻게 해서든 그의 무공을 완성해 두어야 했다.

그녀에게 또 다른, 그리고 더욱 큰 목표가 굳건히 세워지는 순간이었다.

*　　　*　　　*

마교주는 잔뜩 화가 난 표정을 짓고 있었다.

이처럼 사나운 표정을 본 적이 없는지 매번 그에게 살갑게 다가가 이야기를 나누던 여인도 멀찌감치 떨어져 긴장하고 있었다.

"죄송합니다."

무릎을 꿇은 채 고개를 숙이고 있는 자는 다름 아닌 폭렬단주였다.

"그깟 애새끼 한 명 못 죽이고 도리어 당했단 말이지."

마교주의 말에 여인이 깜짝 놀랐다.

그의 입에서 욕이 흘러나오는 것을 들은 적이 없었던 까닭이었다.

하지만 놀라울 것도 없었다.

그가 지금처럼 분노한 모습을 보이는 것도 실로 오랜만이었기 때문이었다.

권왕과 일전을 벌일 때에도 여유가 있었고 교내에서 자신을 향한 여러 가지 불만이 터져 나올 때에도 좀처럼 분노하거나 흥분하지 않던 그였다.

그런데 지금은 그렇지 않았다.

조금도 참지 않고 분노를 고스란히 표출하고 있었다.

부복하고 있는 폭렬단주의 몸이 부들부들 떨렸다. 마교주가 뿜어내는 살기와 분노를 감당하기 어려웠기 때문이었다.

"죄, 죄송합니다……."

폭렬단주가 겨우겨우 한 마디를 내뱉었다.

하지만 이내 더욱 강하게 뿜어져 나오는 마교주의 기도에 숨도 제대로 쉬기 어려운 듯 얼굴이 새하얗게 질려가기 시작했다.

"교주님, 이러다가 죽겠습니다."

"수하들이 죽었으면 본인도 죽어야지."

마교주의 말은 냉정했다. 진짜로 살려둘 생각이 없는 듯 폭렬단주를 향해 쏟아지는 살기는 더욱 짙어졌다.

"자비를……"

"자비? 웃기는군. 마인이 자비를 찾다니. 마인으로서도 실격이군."

"제발……"

살려달라 읍소하는 폭렬단주의 입과 코에서 피가 흘러나오기 시작했다.

내상을 입은 것이다.

그럼에도 그를 바라보는 마교주의 눈빛은 차갑기 그지없었다.

폭렬단주의 코와 입을 타고 흘러내리는 핏물이 검은색에 가까워질 즈음, 마교주가 살기를 거두었다.

"크헉!"

살기가 거둬지자 폭렬단주가 잔뜩 인상을 찌푸린 채 피를 한 바가지 토하고는 거칠게 숨을 몰아쉬었다.

"넌 우리의 대업에서 빠진다."

"교주님!"

마교주의 말에 폭렬단주가 놀라 소리쳤다. 대업에서 빠지라는 것은 쓸모없다는 뜻과 같았다.

실질적인 내쳐짐.

폭렬단주가 크게 놀라는 것은 당연했다.

"대신 다른 임무를 주겠다."

다른 임무라는 말에 폭렬단주가 고통도 잊고 눈을 빛냈다. 그러고는 흐트러진 자세를 힘겹게 바로 하고는 말했다.

"하명하십시오."

"찾아라. 그리고 죽여라. 그것이 너희들의 임무이다."

"알겠습니다!"

폭렬단주가 고개를 숙이며 소리쳤다. 하지만 마교주의 명령은 거기서 끝이 아니었다.

"임무를 완수하거든 모두 자결하라. 너희가 빨리 죽을수록 우린 대업에 한 걸음 더 다가갈 것이다."

폭렬단주의 등골을 타고 식은땀이 흘렀다.

임무를 완수하든 완수하지 못하든 살아날 방법은 없다. 이는 잔인하리만치 지독한 형벌이나 다름이 없었다.

하지만 명령을 거스를 수는 없었다.

"알겠습니다."

"내상은 완벽하게 치료하고 떠나도록. 이것이 내가 마지막으로 베푸는 자비다."

"예."

명령을 내린 마교주가 등을 돌리자 폭렬단주가 힘겹게 자리에서 일어났다.

그러고는 자신을 쳐다보지도 않는 그를 향해 허리를 굽히고는 그의 집무실을 나섰다.

"괜찮으신가요?"

"당연히."

여인의 물음에 마교주는 등도 돌리지 않고 대답했다. 하지만 여인은 마교주의 뒷모습에서 슬픔을 느낄 수 있었다.

그가 손수 가르친 폭렬단이다.

자질이 떨어지는 이류 수준의 무인들을 모아 그 정도 전력으로 만들었다는 건 대단한 일이었다.

그러니 그들이 마교주에게 갖는 충성심 또한 대단할 수밖에 없었다.

죽을 때까지 충성하겠다고 마음먹은 주인으로부터 내쳐지는 슬픔이 오죽 크겠는가. 하지만 그들은 충직한 개처럼 그의 마지막 명령을 완수하고 자결할 것이다.

한 명도 빠짐없이.

폭렬단주와 단원들이 느끼는 슬픔 못지않게 마교주가 가질 슬픔 역시 상당할 것이 뻔했다.

자식과 같은 자들이다.

그들을 내치고 자결을 명령하는 그의 마음은 오죽하랴.

하지만 그럴 수밖에 없는 이유가 있으리라.

그 이유가 궁금했지만 여인에게는 차마 그것을 물을 용기가 나지 않았다.

"쉬세요."

짧은 말을 남긴 여인이 마교주의 집무실을 나섰다.

그녀가 문을 닫고 잠시 후, 아주 작은 한숨 소리가 안에서 흘러나왔다.

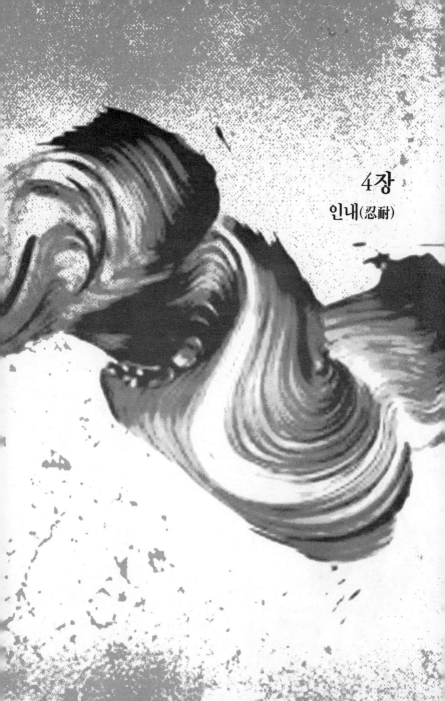

4장
인내(忍耐)

風神徐闇

풍신서윤

똑! 똑! 똑!

물방울 떨어지는 소리가 일정한 간격으로 청아하게 울려 퍼졌다.

동굴은 자연적으로 만들어진 것은 아닌 듯했다.

물론 어느 정도 우둘투둘하기는 했지만 전반적으로 매끈하게 깎인 인공 동굴이었다.

게다가 곳곳에 유등(油燈)이 있어 어둡지 않다는 점도 사람의 손길이 닿았다는 증거라 할 수 있었다.

깊지 않은 동굴의 가장 안쪽에는 한 사람이 누워 있었다.

온몸이 붕대로 감겨 있었으며 핏물 때문인지 곳곳이 붉게 물들어 있었다.

그가 살아 있음을 알 수 있는 유일한 단서는 아주 작게 오르락내리락거리는 가슴뿐이었다.

약한 호흡이 아니었다면 시체라 해도 믿을 수 있을 정도로 미약한 움직임도 없었다.

누군가 치료를 한 것 같기는 한데 동굴 안에 다른 사람의 모습은 보이지 않았다.

하지만 맡기만 해도 쓴 맛이 느껴지는 것 같은 약향(藥香)과 주변에 어지럽게 놓여 있는 붕대들을 보면 다른 이가 있었던 것은 분명한 듯했다.

잠시 후.

동굴 입구로 누군가가 낑낑거리며 들어섰다.

백발이 성성하고 살집이 두툼한, 한눈에 봐도 정정한 노인 한 명이 바구니에 무언가를 잔뜩 담고 나타났다.

"일 년 쓸 약초를 저놈 때문에 다 쓰는구나. 에고, 허리야!"

젊은 사람과 팔씨름을 해도 이길 수 있을 것처럼 건강해 보이는 노인이 연신 허리를 두드리며 엄살을 피웠다.

그러더니 바구니를 내려놓고는 붕대에 감긴 누군가를 향해 다가갔다.

"어디 보자… 상처들은 대충 아물었겠구만."

붕대를 풀어보지도 않고 슬쩍 본 후에 말을 한 노인이 유일하게 붕대 밖에서도 확인할 수 있는 눈을 바라보았다.

그러고는 손으로 눈꺼풀을 열어 이리저리 확인해 보더니 붕대의 매듭 부분을 풀기 시작했다.

"아직 의식을 찾으려면 멀었고. 한동안은 또 약 먹이느라 고생 좀 하겠네."

구시렁거리듯 말한 노인이 조심스럽게 붕대를 풀었다. 말투나 행동들을 보면 붕대도 거칠게 풀 것 같았는데 의외로 조심스럽고 세심하게 풀었다.

"어디 보자……."

붕대를 모두 풀자 나타난 사람은 다름 아닌 서윤이었다. 노인은 서윤의 몸 몇 군데를 눌러보더니 중얼거렸다.

"이제 침 좀 놔도 되겠군. 하여튼 풍령신공만큼 까다로운 녀석도 없다니까."

노인의 입에서 풍령신공이라는 단어가 튀어나왔다. 예전에 동 역시 서윤을 진맥하고서 그의 정체를 짐작했듯 노인 역시 마찬가지인 듯했다.

"침통을 어디다 뒀더라?"

노인이 어지럽혀진 주변을 뒤적거리며 침통을 찾았다. 하지만 아무리 찾아도 손에 잡히는 것이 없자 짜증이 난 듯 인상을 찌푸리더니 자리에서 일어나 발로 주변을 뒤적거렸다.

"여기 주변에 놨는데……."

그렇게 중얼거린 노인이 한쪽에 놓아둔 작은 책상 아래쪽으로 발을 쑥 넣었다.

눈은 동굴 천장을 쳐다본 상태로 꼼지락거리던 발가락의 끝에 무언가 걸린 듯 노인이 얼른 발을 빼고는 책상 아래를 들여다보았다.

"여기 있네. 언제 여기로 굴러 들어간 거야?"

투덜거리던 노인이 침통에 묻은 먼지를 대충 털어내고는 뚜껑을 열었다.

그 안에는 길이와 굵기가 제각각인 침이 여러 개 들어 있었다.

"후... 이번에는 제대로 되어야 할 텐데."

서윤의 곁에 앉아 그렇게 중얼거린 노인이 크게 심호흡을 한 번 했다.

그리고 다음 순간, 놀라운 광경이 펼쳐졌다.

푹푹푹푹푹푹푹푹!

전광석화라는 말이 딱 어울리는 손놀림이었다.

속사에 능한 궁수라 하더라도 이처럼 손이 빠를 수는 없으리라.

통에서 침을 꺼내는 것이 우선이요, 꽂는 것이 다음인 것은 당연한 일인데 마치 두 가지가 동시에 일어나는 것과 같은 착각을 일으킬 정도의 속도였다.

게다가 침을 꽂는 것은 정확한 위치에 알맞은 깊이로 꽂아야 한다.

하지만 노인은 찰나의 순간에 침을 놓았다.

이는 혈의 위치를 정확하게 알고 침이 들어가는 깊이를 감각적으로 느낄 수 있기 때문에 가능한 일이었다.

순식간에 서윤의 몸에 수십 개의 침을 놓은 노인이 작게 한숨을 내쉬었다.

짧은 시간 움직인 것이지만 그것이 결코 쉬운 일이 아닌, 굉장한 심력을 소모하는 일이라는 것 정도는 어린아이도 알 수 있을 것이었다.

"오늘은 잠잠하구나. 지난번엔 내가 다 죽는 줄 알았네."

노인은 서윤을 처음 발견해 데려왔을 때를 떠올렸다. 서윤의 상태가 심상치 않음을 알아차리고는 곧장 침을 놓으려 했으나 미약하게 몸 안을 흐르고 있던 진기가 갑자기 돌변하며 침을 튕겨낸 것이다.

제대로 진맥을 하고 나서야 서윤이 익힌 것이 풍령신공이라는 것을 깨닫고는 외상 치료와 함께 약물치료를 먼저 시작한 것이었다.

그러기를 꽤 오랜 시간이 지나고 서윤의 몸이 어느 정도 회복이 되고 나서야 침을 놓아도 아무런 일이 벌어지지 않은 것이다.

"대체 풍령신공은 누가 만들었는지……. 권왕도 이랬으려나?"

그렇게 중얼거린 노인이 침을 꽂은 채 가만히 누워 있는 서윤을 물끄러미 바라보았다.

"어쩌 네 할애비보다 네 녀석이 더 기구한 운명을 짊어지고 가는 모양이다. 그래서 내가 모른 척할 수가 없었을지도."

그 후에도 노인은 서윤의 옆에 앉은 채로 한동안 말없이 그의 얼굴을 내려다봤다.

*   *   *

광동성 불산으로 상행을 떠났던 설궁도 일행은 무사히 섬서성의 대륙상단 본단으로 복귀할 수 있었다.

본격적으로 나선 구파와의 일전 때문인지 녹림을 비롯한 다른 적들과는 한차례도 마주친 적 없이 무사히 상단에 도착했다.

상행에 대한 소식을 수시로 받아 보고 있던 설군우는 걱정스러운 표정으로 대문 앞까지 나와 그들을 기다렸을 정도였다.

그간 얼마나 마음고생이 심했는지 설군우와 부인의 얼굴이 반쪽이 되어 있을 정도였다.

상단에 복귀해 부모님의 얼굴을 마주한 설궁도는 그들을 안심시키려는 듯 미소를 지어 보였다.

하지만 설군우는 오히려 그런 아들의 미소가 더욱 슬프게만 느껴져 말없이 그를 끌어안아 주었다.

그런 설궁도와 달리 설시연의 표정은 딱딱하게 굳어 있었다. 천보를 만나 자세한 이야기를 들은 후로 상단에 복귀할 때까지 단 한 차례도 웃은 적이 없었다.

그런 그녀를 보며 걱정하던 설궁도는 그래도 부모님을 뵈면 좀 나아지지 않을까 생각했지만 그렇지 않았다.

두 사람을 마주한 뒤에도 설시연의 표정은 풀어지지 않았다.

설군우는 걱정이 되었지만 일단 무탈하게 돌아온 것을 다행으로 생각하며 애써 마음을 다잡았다.

상행을 떠났던 이들이 복귀하고 이틀이 지났다.

저녁 식사를 마친 설군우는 조용히 설궁도를 방으로 불렀다. 계속해서 물어보고 싶었지만 그간 받았을 정신적 충격과 피로를 풀 수 있도록 꾹 참고 있었다.

자신의 처소에서 설궁도와 마주 앉은 설군우는 조심스럽게 입을 열었다.

"이야기를 듣고 싶구나. 어떤 일들이 있었는지."

"안 그래도 진작 드렸어야 할 이야기가 있습니다."

어렵게 입을 여는 설궁도의 목소리는 무겁게 가라앉아 있었다.

"연아가 계속 저러는 것도 같은 이유더냐?"

"예."

설시연은 상단에 돌아온 후 매서운 표정으로 무공 수련에만 매진하고 있었다. 숨을 돌릴 때는 잠자는 시간과 설백의 상태를 살필 때뿐이었다.

식사도 거르기 일쑤였다.

"말해보거라."

"윤이가 실종 상태입니다."

"뭐라?"

설군우가 깜짝 놀라 되물었다. 곁에 있던 연 씨 역시 마찬가지였다.

"아니, 실종이라니!"

"그게……."

설궁도가 천천히 천보에게서 들은 이야기를 전해주었다. 듣는 동안 설군우의 표정과 눈빛에는 걱정과 안타까움 그리고 슬픔이 묻어났다.

"하… 내가 그때 그런 말을 하지 말았어야 하는 건데. 내 잘못이구나. 나중에 숙부님을 어떻게 뵙는단 말인가!"

설군우는 서윤이 마지막으로 자신을 찾아왔던 날을 떠올렸다.

무림맹에서 입맹 제의를 받았고 어떻게 해야 할지 모르겠다며 고민을 털어 놓던 서윤의 얼굴이 선명했다.

무림맹에 가는 것이 좋을 거라고, 많은 경험을 해봐야 한다고 그것이 결국 서윤을 성장시킬 거라고 했던 자신의 말이 지금 이 순간 너무나 후회스러웠다.

물론 자신이 가지 말라고 했다 한들 이런 상황이 벌어지지 않았을 것이란 보장은 없었지만 자신의 그 말 한 마디 때문에 서윤이 실종된 것 같아 죄책감이 밀려왔다.

"무림맹에서는… 뭐라 하더냐?"

"저도 맹주님이나 군사를 만나본 것은 아니라 잘은 모르겠습니다만 전체적으로 분위기는 살아 있을 가능성을 낮게 보는 듯했습니다."

당연했다.

마지막으로 서윤이 조원들을 구한 그때의 상황을 생각하면 살아 있는 것이 오히려 기적이라 할 수 있었다.

방의 분위기가 급속도로 가라앉았다.

어린 시절 큰일을 겪어 마음의 상처가 깊은 서윤이었다.

신도장천의 의손자이기에 숙부라 부르라 했지만 그 이후부터는 정말 친가족처럼 서윤을 생각해 왔다.

그런 서윤이 실종되었다는 소식을 들으니 억장이 무너질 수밖에 없었다.

"무림맹에서도 희망을 버리지 않았다면 우리도 희망을 버리지 말자꾸나. 상단의 모든 지부를 통해서 행방을 찾아봐야겠다."

"예, 그래야지요. 연아도, 저도 윤이가 살아 있을 거라 굳게 믿고 있습니다."

"그래, 그래야지. 믿고말고."

어디엔가 서윤이 살아 있을 것이라 굳게 믿으며, 그렇게 서로가 서로를 위로하며 밤을 보내고 있었다.

*   *   *

"이제 일어날 때가 됐는데."

노인이 서윤을 보며 중얼거렸다.

진작 완치된 외상은 물론이고 진기의 흐름도 많이 좋아진 상태였으며 내상 역시 거의 다 나은 상태였다.

그런데 아직까지 서윤은 눈을 뜨지 못하고 있었다.

"잠을 자는 것도 아니고. 그간 얼마나 정신적인 소모가 컸기에……"

노인이 짐작하는 것은 단 한 가지였다.

그간 받은 정신적 충격과 피로가 억눌려 있다가 한 번에 몰려오면서 강제로 서윤의 의식을 무의식의 세계에 붙잡아 두고 있는 것이다.

자주 있는 일은 아니지만 그런 경우가 없는 것도 아니었다.

"그렇다면 언제 깨어날지 모른다는 뜻인데… 허허, 이거 참 난감하네."

노인이 하얀 턱수염을 어루만지며 고심에 빠졌다. 강제로 깨어나게 할 수 있는 방법은 전무하다 할 수 있었다.

"어린 나이에 얼마나 큰일을 많이 겪었기에 이리도 일어나지 못한단 말이더냐? 남들은 진작 죽었어도 이상하지 않을 부상을 입고도 살아 있는 걸 보면 정신력이 약한 것은 아닐 것이고. 그러니 얼른 이겨내고 일어나거라. 시킬 것도 있으니."

그렇게 말한 노인이 자리를 털고 일어나 약초 바구니를 들고 동굴을 나섰다.

한 달이 지났다.

서윤은 여전히 눈을 감고 있었다.

이미 치료가 끝나 상태가 호전된 지금 시점에서 노인이 해줄 수 있는 것이라고는 욕창이 생기지 않도록 계속해서 서윤의 몸을 닦아주고 돌려주는 것밖에는 없었다.

그럴 때마다 노인은 '사내새끼 몸이나 닦고 있으려니 미치겠구나!'라고 투덜거리면서도 정성껏 서윤을 돌봤다.

그렇게 보름이 더 지나고 해가 제법 짧아졌을 무렵, 서윤이 눈을 떴다.

'죽은 건가? 산 건가?'

눈을 뜬 서윤이 가장 먼저 한 생각이었다.

의식을 잃고 있는 동안 서윤은 굉장히 위험한 순간이 여러 차례 있었다.

너무나 그리운 부모님과 마주하고 그들을 따라가려다가 신도장천이 나타나 잡아주기도 했으며 신도장천을 보고 따라가려고 했을 때에는 오히려 부모님이 나타나 서윤을 붙잡아 주었다.

지금까지 겪었던 전투들이 주마등처럼 스쳐 지나가기도 했고 설궁도, 설시연 등 가족 같은 사람들의 모습이 떠오르기도 했다.

처음 살던 마을로 돌아갔을 때 연을 맺은 우인과 소옥은 물론이고 마을 사람들도 서윤을 보며 웃어주기도 하고 힘내라고 기운을 불어넣어 주기도 했다.

그렇게 두 달 가까운 시간을 보낸 뒤에야 눈을 뜬 것이다.

"이제야 일어났네. 눈 뜰 때까지 기다리느라 내가 먼저 황천길 가는 줄 알았다, 이놈아."

낯선 목소리에 서윤은 고개를 돌리려 했다.

하지만 워낙 한 자세로 오랜 시간 누워 있었기에 마음처럼 몸이 제대로 움직이지 못했다.

"눈은 떴지만 움직이기까지는 시간이 제법 걸릴 게다. 어쩌면 지금까지 겪어온 그 어떤 시간보다 고될지도 모른다. 시간을 당길 수 있을지, 아니면 더 오랜 시간이 걸릴지는 네놈의 마음가짐에 달렸다."

노인의 말에 서윤은 제대로 움직이지 않는 고개를 겨우 끄덕였다.

"뭐, 풍령신공이 있으니 희망은 걸어볼 수 있겠지."

서윤은 노인의 입에서 나온 풍령신공이라는 말에 누구냐고 묻고 싶었지만 목소리도 제대로 나오지 않았다.

답답했지만 어쩔 수 없는 노릇.

궁금한 것도 많고 해야 할 것도 많았지만 서윤은 최대한 마음을 편히 먹기로 했다.

그날부터 몸을 제대로 움직이기 위한 서윤의 고달픈 나날이 시작되었다.

"윽!"

"참아라, 이놈아!"

서윤이 통증에 신음을 흘리자 노인이 소리쳤다. 그러면서도 노인은 연신 서윤의 팔을 붙잡고 있는 힘껏 이리저리 움직이고 있었다.

굳은 몸을 강제로 풀려다 보니 움직일 때마다 통증이 상당했다. 그러다 보니 신음은 당연하고 식은땀까지 날 때가 많았다.

눈을 뜨고 또다시 보름이 지난 지금은 처음에 비하면 양호한 편이었다.

풍령신공의 진기가 몸 안을 돌며 도움을 주고 있었기 때문이었다.

"진기 돌리지 말라니까?"

노인이 성난 표정으로 서윤에게 말했다. 진기가 움직일 때면 어찌 알았는지 항상 같은 말을 하는 노인이었다.

"알고 있습니다만 아직까지 제 마음대로 안 됩니다."

서윤이 난감한 표정을 지으며 대답했다.

실제로 서윤은 의식을 찾은 후부터 누운 상태로라도 운기를 해보려 했으나 어째서인지 풍령신공이 자신의 말을 듣지 않았다.

어떻게 해서든 진기를 움직여 보려고 했으나 아무리 애를 써도 되질 않았다.

"까다롭다는 얘기는 들었지만 이 정도일 줄은 몰랐구나. 아무튼 어떻게 해서든 진기를 제어할 수 있게 만들어라. 온전히 몸이 회복되려면 진기의 도움이 없어야 돼!"

"알겠습니다."

보름 동안 숱하게 들은 이야기였지만 서윤은 불평 없이 고개를 끄덕이며 대답했다.

"반대쪽이다."

서윤의 오른팔을 한참 움직이던 노인이 서윤의 왼팔 쪽으로 돌아가 앉으며 말했다.

그리고 노인이 팔을 움직이기 시작하자 또다시 지독한 통증이 몰려왔다.

신음 소리를 내지 않으려 이 악물고 참던 서윤은 결국 다시 한 번 소리를 내고 말았다.

"윽!"

"엄살은!"

노인의 말에 서윤이 다시 입을 다물었다. 오른팔을 온전히 들어 올릴 수만 있었다면 손으로 입을 틀어막았을 것이다.

처음보다는 나아졌지만 아직까지 팔을 입가까지 들어 올리는 것은 어려웠다.

"팔이 얼른 나아져야 다리 재활도 할 수 있다. 뭐라도 붙잡고 해야 할 것 아니냐?"

"예."

식은땀이 송골송골 맺힌 서윤이 고개를 끄덕이며 대답했다.

"대답은 잘 한다. 네놈이 얼른 회복해야 나도 이 귀찮은 일에서 벗어날 수 있을 텐데."

그렇게 툴툴거리면서도 노인은 연신 서윤의 팔을 움직이고 주물렀다.

노인이 서윤의 몸을 이리저리 움직이는 시간은 길지 않았다. 길어야 반 시진이면 끝이었다.

남는 시간 동안 서윤은 온전히 자신의 시간을 가질 수 있었다.

통증이 수반되는 그 반 시진이 지나고 나면 서윤은 진기를 움직일 방법을 찾기 위해 고민의 시간을 가졌다.

서윤은 처음으로 돌아가기로 마음먹었다.

처음 신도장천에게 풍령신공의 구결을 배웠을 때를 떠올리며 구결을 계속해서 되뇌었다.

인내심을 가지고 될 때까지 하던 그 시절의 마음으로 돌아
가고자 했다.

하지만 상황이 그것을 방해하고 있었다.

지금 이 순간에도 중원은 치열한 전장으로 변해가고 있었
고 수많은 사람이 죽어가고 있었다.

자신이 나선다고 얼마나 달라지겠느냐마는 미약한 힘이라
도 보태 한 명의 목숨이라도 더 구할 수 있다면 그렇게 해야
했다.

그렇다 보니 마냥 인내하고 기다릴 수가 없었다.

조급함이 고개를 들었고 서윤의 속은 타들어갔다. 마음처
럼 움직여지지 않는 진기와 몸이 너무나 미웠다.

그나마 몸은 점차 회복이 되어가고 있었고 머지않아 제대
로 움직일 수 있게 될 것이 분명했다.

하지만 진기는 어떻게 해야 할지 도저히 감이 오지 않았다.

'할아버지…….'

서윤이 속으로 신도장천을 불렀다.

이럴 때 그가 있었다면 마음도 안정이 되고 방법도 알 수
있지 않았을까?

이런 생각들이 서윤의 머릿속을 헤집고 있었다.

"그렇게 머리 싸맨다고 해결될 일이었으면 진작 해결됐겠
지."

서윤의 상념을 뚫고 노인의 목소리가 들렸다. 그에 서윤은

고개를 돌려 노인을 바라보았다.

"어떻게 해야 할까요?"

"그걸 왜 나한테 물어? 내가 가르친 무공도 아닌데. 게다가 난 의술을 펼치는 사람이지 무공을 펼치는 사람이 아니다."

시큰둥하게 대답하는 노인을 보며 서윤이 작게 한숨을 쉬었다.

기대하진 않았지만 정작 예상했던 답변을 들으니 허망하기 그지없었다.

서윤이 노인에게 기대를 완전히 접었을 때, 노인의 입에서 한 마디 말이 흘러나왔다.

"정석대로 해봐서 안 되면 편법을 쓰는 게 더 나을 때도 있는 법이지."

"편법……."

"그래, 편법. 아래에서 위로가 안 되면 위에서 아래로. 정방향이 안 되면 역방향으로. 통제가 안 되면 그냥 놔두고 통제가 되면 그냥 풀어놔 보기도 하고. 뭐, 이도저도 안 될 때에는 그냥 포기하는 게 제일 마음 편한 방법이지만."

그냥 슬쩍 한 말 같았지만 서윤은 천천히 그 말을 곱씹었다. 앞의 말은 어차피 진기를 마음대로 움직이지 못하는 상황이니 하고 싶어도 할 수 없는 방법이었고 가만히 놔두는 것을 생각해 보았다.

'바람이라는 녀석은 변덕이 심하다고 했다. 분명 움직이지 않는 데에는 이유가 있을 터. 그렇다면 그 무언가가 풀릴 때까지 가만히 놔두는 것도 한 방법이 될 수 있겠어.'

그렇게 생각한 서윤은 억지로 진기를 움직일 생각을 버렸다. 구결을 떠올리는 것도 멈췄다.

그저 진기가 몸 안을 돌아다니도록 가만히 놔두었다.

아니, 아예 신경을 꺼버렸다. 아예 진기가 움직이고 있다는 것도 잊을 수 있다면 더욱 좋다고 생각했다.

그러려면 다른 곳에 정신을 쏟을 무언가가 필요했다.

'그날의 그 감각.'

서윤은 실혼인과 싸웠던 그날의 감각을 떠올렸다. 시간이 느려진 것 같은 그 감각을 다시 붙잡아 보려고 노력했다.

그 감각을 느꼈던 그날 이후로 서윤은 계속해서 그날의 감각에 대해 파헤치기 위해 노력했다.

하지만 아무런 성과가 없었다.

어떤 실마리도 떠오르지 않았던 까닭이었다. 붙잡을 무언가가 있어야 꼬리에 꼬리를 물고 생각이 이어질 텐데 첫 시작을 어디서부터 해야 할지 몰랐다.

하지만 이번에는 조금 달랐다.

서윤은 그 감각을 또 한 번 느꼈기 때문이었다. 바로 조원들을 도망치게 한 후 혼자 폭렬단의 공격을 마주했을 때였다.

실혼인들을 상대했을 때와 같았다.

폭렬단의 움직임이 굼뜨게 보였고 그들의 공격을 막아낼 수 있을 것 같았다.

물론, 워낙 그들의 머릿수가 많았고 실력도 상당했기에 큰 부상을 입을 수밖에 없었지만 만약 그 감각이 없었다면 서윤은 진작 목숨을 잃었을지도 몰랐다.

'생사의 기로. 그 순간의 집중력과 절박함.'

서윤이 떠올린 시작점은 그것이었다. 내가 아니면 다 죽는다는 절박한 마음. 그리고 이렇게 죽을 수 없다는 마음에서 시작된 집중력.

실혼인을 상대했을 때와 폭렬단을 상대했을 때의 상황이 조금 다르기는 했지만 곰곰이 생각한 끝에 서윤이 내린 결론은 그것이었다.

'그 순간 발휘되는 초인적인 능력인 걸까?'

그렇게 생각한 서윤은 이내 고개를 저었다. 확실치는 않지만 그것은 풍령신공 구 단공으로 넘어가는 단서가 될 것 같은 느낌이 강하게 들었다.

'상단전. 상단전이다.'

풍령신공 구 단공 이후의 영역인 상단전.

비록 풍절비룡권 후반 이 초식 중 첫 번째 초식인 광풍난무를 사용할 수 있다고는 하지만 이는 어디까지나 하단전과 중단전의 진기에 기반을 두고 있었다.

팔 단공 끝자락에 접어들면서 진기의 양이 늘어나지 않았다면 결코 펼칠 수 없는 초식이었다.

아니, 실혼인과 싸웠던 그날 그 감각을 느끼지 못했다면 전혀 사용할 수 없었을 것이다.

그날 이후로 서윤은 어렵게나마 광풍난무를 펼칠 수 있게 되었다. 아직 구 단공에 접어들지 않았고 상단전을 열지 못했음에도 그 정도 위력이라면 조금이라도 상단전의 문을 열게 되면 얼마나 대단한 위력을 뿜어낼지 상상조차 되지 않았다.

'기회다. 이참에 반드시 상단전에 대한 실마리를 풀어야 해. 그래야만 한다.'

그렇게 다짐하며 서윤은 마교주를 떠올렸다.

절대 닿을 수 없는 곳에 올라 서 있는 것만 같았던 그의 존재감.

이는 단순히 무력이 뛰어나기 때문은 아니었다.

처음에는 압도적인 무력 차이만을 느꼈지만 지금은 다른 것이 보였다.

'깨달음. 그리고 절박함, 목표. 그 모든 것이 하나로 이어져 있기 때문이겠지. 그런 것이라면 나도 다르지 않아. 오를 수 있다.'

닿지 않을 것 같던 마교주가 닿을 수 있는 거리에 있는 것처럼 느껴졌다.

그와의 거리를 좁히고 마침내 그에게 닿는다면 자신이 원하는 대로 사람들을 지켜낼 수 있을 것이다.

'풍신…… 그래, 할아버지의 유언. 잠시 잊고 있었어. 풍신

이 되어야만 그와 대등해질 수 있다.'

권왕인 신도장천도 마교주에게 패배했다.

그렇다면 권왕을 뛰어넘어 풍신이 되어야만 그와 동률이 되거나 이길 수 있을 것이다.

'모두 버텨주길.'

서윤은 간절히 바랐다.

언제 자신이 풍신의 위치에 오를 수 있을지는 알 수 없었다. 하지만 지금 자신에게 주어진 이 시간을 소중히 여기고 성과를 얻는다면, 그리고 그동안 동료들이 버텨준다면 지금 맞닥뜨린 혼돈의 시기를 끝낼 수 있을 거라고 믿었다.

그런 믿음 속에 서윤은 점차 생각에 잠겨갔다.

따온 약초를 손질하던 노인은 물끄러미 서윤을 바라보았다. 자신의 시선도 눈치채지 못할 정도로 생각에 몰두한 그를 보며 노인은 알 수 없는 표정을 지었다.

  *   *   *

녹림과 구파의 싸움은 놀랍게도 백중세를 유지하고 있었다.

구파가 본격적으로 녹림 토벌에 나선 후 얼마간은 녹림이 일방적으로 밀리는 형국이었다. 하지만 어느 순간 다시금 녹림이 무섭게 치고 나왔다.

도저히 녹림도라 볼 수 없을 정도로 막강한 무력을 가진 자들이 등장했고, 그들의 실력은 구파와 견주어도 손색이 없었다.

토벌에 나선 후 승승장구하던 구파는 당황하기 시작했고 곳곳에서 패전 소식이 들려왔다.

하지만 오랜 역사를 가진 구파의 저력은 무시할 수 없었다.

재빠르게 정신을 수습한 그들은 있는 힘을 다해 녹림과 일전을 벌였고 가까스로 백중세까지 끌고 갈 수 있었다.

그때부터는 소모적인 싸움만 계속될 뿐이었다.

이렇게 되면 결국 밀리는 쪽은 정도 무림이 될 수밖에 없는 상황.

힘겹게 버티는 그들의 노력을 가상하게 여기기라도 했는지 계절은 추위가 몰아치는 겨울이 되었다.

비록 무림인이라면 어느 정도 추위에 대한 저항 능력이 있다고는 하지만 그렇다 하더라도 겨울에 싸우는 것은 서로에게 좋을 것이 없었다.

계절이 가져다준 휴전.

모두가 전력을 재정비하고 있는 이 시점에 서윤도 조금씩 자신만의 무학을 재정립하고 있었다.

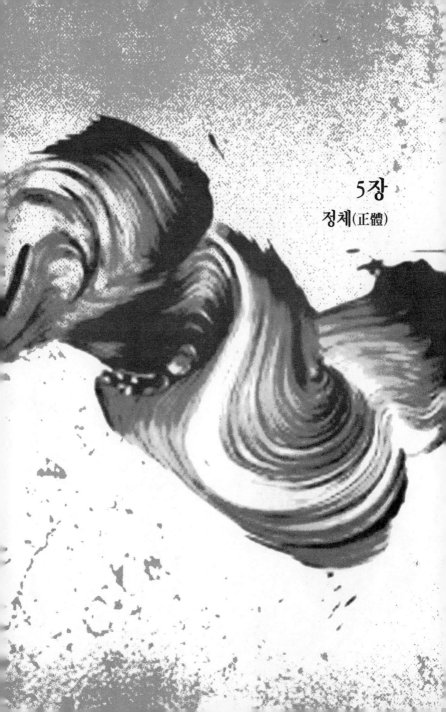

5장
정체(正體)

風神 徐闇

풍신 서윤

　서윤은 동굴 입구에 앉아 물끄러미 내리는 눈을 바라보고 있었다. 앙상한 가지만 남은 나무들 위로 내려앉은 눈이 한 폭의 그림과 같았다.

　"아름답다."

　그렇게 중얼거리는 서윤의 입가에는 미소가 번져 있었다.

　"이놈아! 그만하고 안 들어와? 시간 다 됐다!"

　"예!"

　서윤이 자리에서 일어섰다.

　아직은 몸이 불편했지만 그래도 걸을 수 있을 정도로 회복한 상태였다.

무공을 펼치는 데에는 무리가 있었지만 일상생활은 가능할 정도로 회복된 데에는 노인의 노력 덕분이었다.

일면식도 없는 자신의 목숨을 구해주고 회복될 때까지 보살펴 주는 노인에 대한 감사의 마음은 점점 더 커져가고 있었다.

"이젠 아프다는 소리도 안 하는구나."

노인이 서윤의 다리를 구부렸다 폈다를 반복하며 말했다. 확실히 예전보다는 재활하는데 수반하는 통증이 약해진 것은 사실이었다.

"예, 많이 좋아졌습니다. 감사합니다."

"감사는 얼어 죽을. 이거 공짜로 해주는 거 아니다. 나중에 빚 받을 거야."

노인의 툴툴거림에 서윤은 미소를 지었다.

"얼마든지요."

"에잉! 재미없는 놈. 오늘은 좀 더 꺾을 거니까 각오 단단히 해라. 가부좌 틀 수 있을 정도까지만 만들어줄 거야."

"그렇게만 된다면 더할 나위 없지요."

서윤의 대답에 노인은 또 한 번 들릴락 말락한 목소리로 툴툴거리더니 있는 힘껏 다리를 접었다.

서윤은 이를 악물었다.

통증이 많이 가라앉았다고는 하지만 아직 굳어 있는 관절을 억지로 꺾을 때에는 제법 고통이 있었다.

그래도 처음에 비하면 신음 소리 한 번 없이 참을 수 있는 수준이었다.

"에고. 힘들다, 힘들어. 늙으니까 이제 이런 것 하는 것도 힘드네."

몇 차례 서윤의 다리를 꺾은 노인이 헥헥거리며 말했다.

"진기는? 어떠냐?"

"아직입니다. 뭐, 말 듣고 싶을 때가 되면 듣겠지요."

"잘났다. 그러다가 죽도 밥도 안 되면 어쩌려고."

"될 겁니다, 분명."

서윤의 목소리는 확신에 차 있었다. 그런 서윤을 힐끗 쳐다본 노인이 다시 입을 열었다.

"상단전은?"

노인의 말에 서윤이 놀란 표정을 지었다. 상단전에 대한 이야기는 노인에게 한 적이 없었던 것이다.

서윤은 상단전에 대한 실마리를 풀기 위해 매일같이 생각에 몰두하고 있었다. 하지만 아직까지 시원하게 해결된 것이 없었다.

"어떻게 아셨습니까?"

"어떻게 알긴? 딱 보면 알지. 모른 척하고 있었을 뿐이다."

노인의 말에 서윤이 또 한 번 미소를 지었다.

"또! 무슨 세상 모든 도에 통달한 사람처럼 그런 미소를 짓느냐? 아직 나이도 어린 녀석이."

"원래 제 웃음이 이렇습니다."

"지랄 맞은 놈. 무당의 호랑말코나 소림의 땡중한테서도 그런 미소는 본 적이 없다."

노인의 말에 서윤이 껄껄 웃었다. 그런 서윤에게 노인이 나직이 물었다.

"상단전, 열어줄까?"

그 말에 서윤이 웃음을 멈추고는 놀람이 섞인 진지한 표정으로 노인을 바라보았다.

"결정은 네놈이 해라. 상단전, 열어줘 말아."

"그게 가능합니까?"

서윤의 물음에 노인이 하던 것을 멈추고는 말했다.

"가능하니까 물어보는 거 아니겠냐?"

"무공을 모르신다고……."

서윤의 말에 노인이 답답하다는 듯 입을 열었다. 아예 작정한 듯 책상다리를 하고 앉아 열변을 토하기 시작했다.

"당연히 모르지. 난 무공을 익혀본 적이 없으니까. 그런데 상단전을 알고 진기를 알며 혈을 안다. 왜? 그건 의술의 기본이니까."

노인의 말에 서윤은 머리를 망치로 맞은 것 같은 충격을 받았다.

'왜 그런 생각을 못 했을까?'

멍한 표정의 서윤을 보며 노인이 다시 입을 열었다.

"사람은 누구나 기(氣)를 가지고 있다. 하단전도 누구나 다 있어. 그런데 무림인과 일반인의 차이가 뭔 줄 아냐? 바로 하단전이라는 그릇에 기운을 담을 수 있느냐 하는 점이다. 하단전에 진기를 담을 수 있으면 그것을 사용하는 건 어렵지 않지. 물론, 그 과정에서 얻는 깨달음이 큰 차이를 만들어내기는 하지만 말이다."

빠른 속도로 말을 내뱉은 노인이 잠시 숨을 고른 뒤 다시 말을 이었다.

"하단전, 중단전과 마찬가지로 상단전 역시 그릇이다. 만들어져 있는 그릇이지만 그 그릇을 사용하는 건 굉장히 어렵지. 왜냐? 깨워야 하거든."

"깨운다는 말씀이십니까?"

"그래, 깨워야 한다. 하단전이라는 그릇에 진기를 담으려면 그 그릇을 깨워야 하지. 그래야 진기를 담을 준비가 되는 거다. 흔히 내공심법이라 불리는 토납법의 구결들이 바로 그런 역할을 하는 거다. 네가 익힌 그 풍령신공의 구결에도 상단전을 깨우는 구결이 분명히 있어. 그런데 그걸 깨우지 못하는 건 순전히 풍령신공에 대한 네놈의 이해가 부족하기 때문이지. 그래서 깨달음이라는 게 굉장히 중요하다는 거다."

노인의 말에 서윤은 무언가 알 것 같다는 듯이 고개를 끄덕였다.

"그런데 내 방법은 조금 다르다. 깨달음 없이 상단전을 깨우는 방법이지. 바로 자극이다. 백회에 자극을 주어 그릇을 깨우고 그릇을 준비시킨다. 침 몇 방이면 상단전을 열 수 있어."

침 몇 방이면 깨울 수 있다는 노인의 말에 서윤은 너무나 허망한 기분이 들었다.

상단전을 열 수 있는 실마리를 찾기 위해 그 많은 시간을 쏟아 부었는데 이렇게 쉬운 방법이 있었다니.

그런 표정을 짓고 있을 때 노인이 다시 입을 열었다.

"그런데 네가 말하는 상단전과 내가 말하는 상단전에는 약간의 차이가 있다."

"무엇입니까?"

"보이는 것과 보이지 않는 것."

"예?"

노인의 말을 알아듣기 어려웠는지 서윤이 다시 되물었다. 그러자 노인이 차근차근 설명하기 시작했다.

"상단전은 눈에 보이는 것이다. 아니, 눈에 보인다기 보다는 존재한다는 것을 느낄 수 있다고 해야 옳겠구나. 네가 깨운 하단전과 중단전을 네가 느낄 수 있는 것처럼 내가 말하는 상단전은 느낄 수 있는 존재 자체를 말하는 거다. 그런데 네가 말하는 상단전은 그게 아니야."

"그럼……"

"네가 말하는 건 상단전의 '효능'이다. 상단전을 염으로써 발휘할 수 있는 능력 말이다. 그건 깨달음이 동반되어야 하지.

가장 좋은 건 깨달음을 바탕으로 상단전을 열고 임맥과 독맥을 타통하는 것이다. 그렇게 되면 상단전을 열자마자 그 효능을 발휘하게 되겠지. 하지만 단순히 상단전을 여는 것만으로는 네가 생각하는 그런 능력은 발휘할 수 없다. 뭐, 약간의 좋은 점이 있다면 진기의 양이 늘어나고 끌어다 쓸 수 있는 기운이 좀 생긴다는 것 정도?"

"아……."

서윤은 조금 알겠다는 듯 고개를 끄덕였다.

"넌 하단전과 중단전을 깨달음을 통해 열었다. 그러니 그 효능, 특히나 중단전의 효능을 바로 느낄 수 있었지. 웅심이 생기고 두려움이 줄어들며 그 외 여러 가지 감정 속에서도 금방 차분함을 되찾을 수 있는 그런 효능 말이다."

"맞습니다."

서윤이 고개를 끄덕였다. 중단전의 효능이 없었다면 지금까지 몇 번이고 주저앉았을 지도 몰랐다.

"상단전의 효능은 중단전과는 비교도 할 수 없다. 정신력과 관련이 있거든. 좀 더 냉철하게 상황을 판단할 수 있고 집중할 수 있으며 이성적인 결론을 내릴 수 있게 되지. 하지만 그것이 다가 아니야."

"그럼 어떤 효능이 있습니까?"

"강기(罡氣)다."

"강기……."

"그래, 강기. 강기는 단순히 강한 기운이 아니다. 깨달음이 수반된 강기는 세상 그 무엇도 베고 깨뜨릴 수 있지. 별처럼 아름다우며 결코 닿을 수 없다는 뜻에서 강(罡)이라 한다. 네 할아버지인 권왕 신도장천도 제대로 된 강기(罡氣)는 만들어 내지 못했다. 그만큼 어렵지."

서윤은 무어라 반응하지 못하고 가만히 듣고만 있었다.

할아버지인 신도장천도 이루지 못한 경지.

뛰어 넘어야 된다고 항상 생각하고 다짐했지만 막상 이렇게 들으니 막막하게만 느껴졌다.

"거기에 한 가지가 더 있다."

"무엇입니까?"

"감응(感應)이다."

"감응?"

서윤은 처음 듣는 말이었다.

"그래, 감응. 집중하여 느끼고 그것에 응하는 것. 감응의 경지에 도달하게 되면 세상 만물의 기운과 감응하여 조종할 수 있다. 어검의 경지가 바로 그런 것이지."

"감응. 어검."

서윤이 노인의 말을 되뇌었다.

"그래. 앞서 말했듯이 깨달음을 통해 상단전을 열게 되면 노력 여하에 따라 그 효능을 얻을 수 있다. 적어도 내가 아는 한 무림 역사에 그 경지에 도달한 자는 없었다. 내가 알지 못하는 그전에는 어땠는지 모르지만."

"어렵겠군요."

"불가능에 더 가깝다."

노인의 말에 서윤이 느끼는 막막함이 더욱 커졌다.

"내 도움으로 상단전을 여는 것은 그 시작을 앞당길 수 있는 교두보 정도가 될 게다. 아까 말했듯 상단전을 열게 되면 통찰력, 집중력, 정신력 등이 배가 되니까. 그런 상태에서 무공을 파는 게 더 지름길이 될 수도 있겠지. 전에 말하지 않았냐? 정석이 안 되면 편법이 하나의 방법이 될 수 있다고."

편법. 서윤은 일전에 그가 했던 말을 떠올리며 한 가지 의문이 떠올랐다.

"지난번에도 그리고 지금도 편법을 얘기하십니다. 그건 위험한 일 아닙니까?"

"위험하지. 하지만 세상 그 어떤 일도 위험을 동반하지 않는 일은 없다."

"그 얘기를 들은 후 생각해 봤습니다. 아래에서 위로가 안 되면 위에서 아래로. 정방향이 안 되면 역방향으로. 그것을 무공에 대입하면 목숨을 담보로 해야 할 정도의 위험을 수반합니다."

"당연하지. 좋다. 정석적인 방법을 생각해 보자. 깨달음을 통해 상단전을 여는 것은 위험하지 않을 것 같더냐? 이 또한 목숨이 간당간당할 정도로 위험하다. 정석으로 해도 목숨이 위험하고 편법을 써도 마찬가지라면 빠른 게 좋지."

노인의 말을 들은 서윤은 이상한 점을 느꼈다. 아니, 자신이 생각했던 것이 아닌 것 같다는 느낌이 들었다.

서윤은 그를 의선이라 생각했다.

설백을 치료하기 위해 설군우가 그렇게 간절히 찾고 있는 그 의선.

그런데 그와 대화를 나누는 지금 이 순간, 의선이 아닐 것 같다는 느낌이 강하게 들었다.

"묻겠습니다."

"물어라."

"누구십니까?"

그 물음에 노인이 서윤의 눈을 빤히 바라보았다. 서윤은 눈을 피하지 않았다.

잠시 서윤을 쳐다보던 노인이 천천히 입을 열었다.

"마의(魔醫). 정도에 의선이 있다면 마도에는 내가 있지. 마도 최고의 의원. 그것이 나다."

지금까지 자신을 치료하고 도움을 주었던 노인의 정체가 마의라는 사실에 서윤은 적지 않은 충격을 받았다.

"놀라기는. 마의든 의선이든 의술을 행하는 자는 환자를 외면하지 않는다. 마도인이라고 해서 무조건 나쁜 놈이 아니란 말이다."

마의의 말에도 서윤은 놀라 벌어진 입을 다물지 못했다.

"놀라기는."

"왜 저를 살리셨습니까?"

"왜 살리긴. 다 죽어가는 놈을 봤는데 어찌 그냥 지나칠까."

"제 정체를 알고 계시지 않았습니까?"

"처음엔 몰랐지."

마의의 대답에 서윤은 빤히 그를 바라보았다.

"알았다, 알았어. 나중에 알았을 때에도 죽일 생각은 티끌만큼도 없었다. 넌 꼭 살아야 했으니까."

"어째서……?"

"어째서는 반말이고. 이놈아."

마의의 핀잔에도 서윤의 표정은 변하지 않았다. 그만큼 충격적이었고 진지했기 때문이었다.

"네가 마교주를 막아야지 누가 막겠느냐?"

"예?"

마의의 말은 황당함 그 자체였다.

마도에 몸담은 자가 어찌 마교주를 막아야 한다고 주장하는가?

"황당하지? 그런데 사실이다. 지금의 마도는 변질됐어."

"변질이라니……."

"마도의 순수한 목적이 사라져 버렸단 말이다."

"마도의 순수한 목적?"

"그래. 마도는 중원을 정복하기 위해 만들어진 집단이 아니야. 정도와 마찬가지로 순수한 무학의 길을 걷는 자들로 구성된 집단이 마도다. 마도 역시 정종무학은 정도의 무학만큼이나 순수하다. 하지만 지금의 마도는 그렇지 않지. 악행을 일삼고 중원 정복을 목적으로 한다. 그건 마도가 아니야. 절대악일 뿐이지."

"마교주를 만난 적이 있습니다. 그는 원한이 복수를 낳고 복수가 원한을 낳았다고 했습니다. 마도를 만든 건 정도라고. 공존을 인정하지 않고 다름을 나쁨으로 몰아붙였기 때문이라고."

"맞는 말이다. 하지만 처음부터 그랬던 건 아니란 말이다. 물론 중원 정복의 야욕이 마도에 자리 잡기 시작한 건 오래전이지만 지금의 마교주 전대부터 그것이 도드라졌다. 그리고 그 결과물이 바로 현재의 마교주다."

"무슨……."

서윤의 반응에 한숨을 내쉰 마의가 다시 말을 이었다.

"마교주가 사용하는 무공이 뭔지 아느냐? 진정한 마교주라면 천마신공과 천마검결(天魔劍結)을 사용해야 한다. 하지만 네 할아버지의 목숨을 빼앗은 무공은 그것이 아니야."

"설마?"

"그래. 검왕 설백의 무공, 여의제룡검이다. 어떤 연유로 설백의 무공이 마교주에게 전해졌는지는 알 수 없다. 표면적으로 드러난 것은 설백을 납치해 억지로 가르치게 만들었다는 것이지만 헛소리! 검왕 정도 되는 자가 협박과 고문에 굴복해 마교주에게 무공을 전수했겠느냐? 말도 안 되는 소리지."

"그럼 어떤 이유였습니까?"

"모른다."

"예?"

다 알고 있는 것처럼 말하던 마의의 입에서 모른다는 대답이 나오자 서윤은 또 한 번 황당함을 느껴야 했다.

"자세한 내막을 모른단 말이다. 하지만 그 안에 복잡한 사정이 있다는 것 정도는 짐작할 수 있지. 그것을 알기 위해선 검왕이 깨어나거나 마교주에게 직접 듣는 수밖에 없다."

마의의 말에 서윤이 잠시 무언가를 생각하더니 입을 열었다.

"대륙상단으로 가주십시오. 그리고 종조부님을 깨워주십시오."

"못 한다."

"어째서!"

서윤의 말에 마의가 자신도 답답하다는 듯 대답했다.

"안 한다는 게 아니라 못 한단 말이다."

"못 한다?"

"그래. 못 한다고. 난 이곳에서 벗어날 수 없는 몸이다."

마의의 대답에 서윤은 이해할 수 없다는 눈빛으로 마의를 바라보았다.

"따라와 봐."

그렇게 말한 마의가 자리에서 일어나 동굴 제일 깊숙한 곳으로 발걸음을 옮겼다.

그에 서윤도 일어나 그의 뒤를 따랐다.

한쪽 벽으로 다가간 마의는 잠시 벽을 더듬더니 어느 한 곳을 꾹 눌렀다. 그와 동시에 벽이 움직이더니 한 사람 정도 들어갈 수 있는 공간이 생겼다.

"들어와."

어두컴컴한 통로를 따라 쭉 들어가니 그곳에는 자그마한 우물 하나가 있었다.

우물가에 선 마의가 서윤에게 물었다.

"이게 뭔지 아느냐?"

"우물 아닙니까?"

"맞다. 우물이지. 근데 이 안에 있는 물은 그냥 물이 아니야."

"그럼……."

"내 목숨 줄이다."

"목숨 줄?"

"그래, 목숨 줄. 이 물을 네가 먹는다면 곧바로 얼어 죽고 말 거다. 하지만 난 이 물이 있어야만 살아. 한 달에 한 번씩 마시지 않으면 난 타죽을 거다."

"어떻게 그런……!"

"빌어먹을 운명이지. 그것도 타고난 운명이 아니라 나 스스로가 짊어진 운명이다."

말하는 마의의 얼굴에는 슬픔이 번져 있었다.

"나에게도 당연히 스승님이 있었다. 그리고 그 스승님께서 하시던 연구가 있었지. 그래, 편법이었다. 그 편법이 내게 부작용을 일으켰지. 스승님께서는 연구를 계속하게 될 경우 내게 찾아올 부작용도 알고 계셨다. 그래서 미리 준비하신 곳이 이곳이었고. 스승님께서 남기신 연구는 내가 부작용을 떠안으면서 중단했다. 하지만 이곳을 떠날 수 없는 신세가 되어버린 게지. 이곳을 떠나면 대륙상단에 도착하기 전에 죽어버리고 말 거다."

"편법 때문에 부작용을 얻었으면서도 제게 편법을 말한 겁니까?"

"당연하다. 내가 펼치는 의술은 정석에 기반을 두지만 편법으로 발전해 왔다. 의선과 다른 점이지. 그럼에도 내가 마도 최고의 자리에 오를 수 있었던 이유가 뭔지 아느냐? 대부분의 편법에 성공했기 때문이다. 내가 네게 말했던 편법들 모두 위험하다. 하지만 실패한 적이 없는 편법들이다. 상단전을 여는 것까지 모두."

"상단전을 열어본 적이 있으신 겁니까?"

"당연히 있지. 딱 한 번 시도했고 성공했다. 내가 상단전을 열어준 사람이 바로 지금의 마교주였다."

서윤은 또 한 번 놀랐다. 그와의 대화는 놀라움의 연속이었다.

"지금의 마교주는 무학에 있어서 천재적인 소질을 가졌다. 하지만 어린 나이에 그만큼의 성취를 이룰 수 있었던 이유가 뭔지 아느냐? 상단전을 열었기 때문이다. 그가 상단전을 연 나이가 바로 열여덟 살이다. 이미 그는 열여덟 살에 중단전까지 완벽하게 열어둔 상태였다. 열여덟에 상단전을 열어 지금까지 무공에 매달렸다. 그러니 강할 수밖에."

서윤은 말을 잇지 못했다. 그런 일이 있었다니.

"네놈은 그보다 늦다. 하지만 그 차이는 충분히 메울 수 있다. 그건 내가 보장하지."

"왜 그렇게 생각하십니까?"

"마교주는 자질을 타고 났지만 넌 달라. 타고난 자질이 아닌 다른 걸 가졌지. 인내와 끈기. 그리고 집념. 그 크기는 마교주를 뛰어 넘는다. 물론, 거기에 엄청난 노력이 동반되어야 마교주를 뛰어넘을 수 있겠지."

마의의 말에 서윤은 생각에 잠겼다.

어떻게 하는 게 옳을까.

꽤 오랜 시간 고민에 빠졌고 마의는 묵묵히 그 옆에서 기다리고 있었다.

상당한 시간이 흐르고 서윤이 결정을 내린 듯 마의를 바라보았다.

"열겠습니다, 상단전."

"좋다. 하지만 그전에 선결되어야 할 게 있다."

"무엇입니까?"

"굳은 몸을 회복하고 진기를 원래대로 되돌리거라. 그러지 않은 상태에서 상단전을 열면 넌 무조건 죽는다."

"알겠습니다."

서윤이 단단한 의지를 담아 대답했다.

그날 이후, 진기를 원래대로 되돌리기 위한 고민이 다시 시작되었다.

고민은 고민을 낳고 또 다른 고민을 낳았다. 꼬인 실타래는 풀기가 여간 어려운 것이 아니었다.

하지만 처음처럼 조급한 마음이 생기지는 않았다.

어느 정도 마음을 놓은 상태에서 머리로만 방법을 고민하고 있었다.

어쩌면 처음 무공을 익히기 시작할 때의 순수한 마음으로 되돌아간 것일지도 몰랐다.

그러면서 서윤은 몸을 원상태로 되돌리기 위한 재활에 조금 더 시간을 쏟았다.

서윤의 몸을 붙잡고 씨름해야 하는 마의는 투덜거리면서도 늘어난 시간만큼 더욱더 있는 힘껏 주무르고 구부렸다.

서윤은 거기서 그치지 않았다.

아직 무리를 하면 안 되지만 조금씩 풍절비룡권의 초식들을 펼치기 시작했다.

마의의 만류에도 서윤이 풍절비룡권을 수련하는 데에는 두 가지 이유가 있었다.

한 가지는 굳은 몸을 빨리 풀기 위해서는 어쨌든 계속해서 움직여야 했기 때문이었다.

그렇다면 일상적인 움직임뿐만 아니라 조금이라도 더 격하게 움직일 필요가 있었다.

아직은 그런 움직임을 펼치기에는 무리가 있기 때문인지 빠르지 않게 몇 초식을 펼쳐 보았음에도 온몸이 땀으로 홍건히 젖을 정도였다.

두 번째 이유는 진기 때문이었다.

서윤은 초식의 형을 완성하고 그것이 완벽에 가까워졌을 때 진기가 반응했던 것을 떠올렸다.

만약 다시 풍절비룡권 수련에 매진해 예전처럼 몸을 돌릴 수 있다면, 초식의 형을 다시 완벽하게 펼쳐 낼 수 있다면 진기도 자신의 뜻을 따라주지 않을까 하는 생각에서였다.

어떻게 보면 서윤이 생각하는 정석적인 방법일 수도 있고 어찌 보면 마의가 주장하는 편법일 수도 있는 방법을 서윤은 매일같이 반복하기 시작했다.

"헉! 헉! 헉!"

서윤이 굵은 땀을 훔치며 숨을 골랐다.

　일 초식부터 오 초식까지 연이어 한 번 펼쳤을 뿐인데도 숨이 턱밑까지 차올랐다.

　그럴 때면 진기가 움직여 이내 서윤을 회복시켜 주었지만 마음대로 진기를 다스릴 수 있을 때에 비하면 그 속도부터가 현저히 늦었다.

　"후우……."

　어느 정도 호흡이 안정되자 다시 자세를 바로 했다.

　찬 공기 때문에 땀을 흘린 서윤의 몸에서 김이 모락모락 피어올랐는데, 그 모습이 신비스러운 느낌을 자아내고 있었다.

　"제법 빠르단 말이지."

　마의가 동굴 벽에 기대어 서서는 수련하는 서윤의 모습을 바라보며 중얼거렸다.

　그의 말처럼 서윤의 회복 속도는 그가 생각했던 것보다 더 빨랐다. 재활이 순조롭게 진행된다 한들 지금 서윤이 보이고 있는 움직임은 아직까지 무리일 것이라 생각했다.

　하지만 서윤은 그의 예상을 깨고 있었다.

　'저놈 자체가 편법이라 해도 과언이 아니구나.'

　서윤을 보며 혀를 내두른 마의가 연신 주먹을 휘두르고 있는 그를 향해 소리쳤다.

　"이놈아! 그러다 죽는다!"

　"안 죽습니다!"

서윤이 주먹을 휘두르며 소리쳤다. 그러고는 진지한 표정으로 뻗는 주먹 하나하나에 집중했다.

계속해서 일 초식부터 오 초식까지를 반복하던 서윤의 주먹이 궤도를 달리했다.

처음으로 육 초식을 펼치기 시작한 것이다.

하지만 아직까지는 무리가 있는지 주먹을 뻗는 서윤의 표정이 살짝 찌푸려졌다.

하지만 서윤은 이를 악물었다.

이렇게 해서 몸이 빨리 풀릴 수 있다면 더한 고통도 감내해야 한다는 생각이었다.

그리고 그런 생각과 의지가 서윤의 움직임을 통해 고스란히 드러나고 있었다.

그 모습을 잠시 동안 바라보던 마의가 고개를 절레절레 흔들며 동굴 안으로 들어갔다.

한 달의 시간이 더 흘렀고 추위도 조금씩 누그러지기 시작했다. 그 한 달의 시간 동안 서윤은 일 초식부터 육 초식까지 큰 무리 없이 펼쳐 낼 수 있을 정도로 몸이 풀린 상태였다.

한 가지 아쉬움이 있다면 아직까지 진기의 반응이 없다는 점이었다.

그러나 서윤은 조금도 아쉬워하지 않았다.

어디서 그런 확신이 찾아오는지 알 수 없었지만 머지않아 분명 반응이 올 거라는 생각이 들었기 때문이었다.

한 시진이 넘도록 쉬지 않고 풍절비룡권을 펼치던 서윤이 움직임을 멈췄다.

그러고는 심호흡을 하며 호흡을 골랐다.

주먹을 내린 서윤이 주변을 훑었다. 공터라고는 지금 서윤이 서 있는 동굴 앞의 작은 공간이 전부였다.

겨우 주먹 몇 번 뻗을 수 있는 정도의 공간.

그 공간을 잠시 동안 바라보던 서윤이 뒷짐을 지었다. 그러고는 오른쪽 다리를 가볍게 앞으로 내디뎠다.

"후……."

오랜만에 펼쳐 보는 쾌풍보.

몸이 회복된 이후로 한 번도 펼쳐 본 적이 없었다. 게다가 이렇게 숲이 울창하고 공간이 좁은 곳에서는 더더욱 펼쳐 본 적이 없었다.

넓은 공터가 있으면 쾌풍보의 족보를 따라 차근차근 수련을 시작했을 텐데 상황이 여의치 않았다.

하지만 서윤은 망설이지 않았다.

다리가 엉켜 넘어질 수도 있고 곳곳에 서 있는 나무에 부딪쳐 다칠 수도 있겠지만 마의가 있으니 치료 걱정은 안 해도 되었다.

심호흡을 한 서윤은 천천히 족보를 떠올리며 쾌풍보를 펼쳤다.

파팟!

속도는 빠르지 않았다.

당연한 것이 쾌풍보를 펼치고 있음에도 진기는 전혀 그것에 영향을 주지 않았다.

진기를 운용할 수 있을 때보다 좁은 보폭과 느린 속도.

하지만 서윤은 그것만으로도 다행이라고 생각했다.

그래서 약간의 방심을 한 탓일까.

어느새 서윤의 눈앞에 거대한 나무 기둥이 다가와 있었다.

쾅!

"윽!"

나무와 정면으로 충돌한 서윤이 그대로 고꾸라졌다. 얼마나 세게 부딪쳤는지 정신이 아득해질 정도였다.

"으으으!"

서윤이 신음을 흘리며 바닥을 뒹굴었다. 그렇게 얼굴을 부여잡고 조금 뒹굴자 조금씩 통증이 가라앉았고 잠시 후 서윤이 천천히 몸을 일으켰다.

"와… 죽는 줄 알았네."

그렇게 중얼거린 서윤이 코를 한 번 훌쩍였다.

'콧물?'

진기를 운용하지 못한다고는 하지만 이미 서윤은 중단전까지 연 내가고수였다.

그런데 콧물이라니.

서윤은 의아해하며 손등으로 코를 훔쳤다. 그리고 슬쩍 내려다봤는데 맑은 콧물이 아닌 빨간 무언가가 묻어 있는 게 보였다.

"뭐야, 코피?!"

나무에 부딪친 충격으로 코피가 난 것이다.

태어나서 단 한 번도 코피가 난 적이 없건만 첫 코피(?)를 이렇게 보고 만 것이다.

"아오……."

창피함이 밀려왔다.

처음 익히는 쾌풍보도 아니고 오랜만에 펼쳤다고는 하지만 익숙한 보법을 펼쳤건만 나무에 부딪쳐 코피까지 났으니 창피할 수밖에 없었다.

그래도 보는 사람이 없다는 것이 다행이라 할 수 있었다. 아니, 단 한 사람만 보고 있다는 점이 다행이었다.

"지랄도 풍년이다!"

코피를 흘리는 서윤을 보며 마의가 소리쳤다. 그러는 마의의 표정에는 짓궂은 미소가 번져 있었다.

"그러게 말입니다."

재미없는 서윤의 대꾸에 마의가 혀를 차더니 말했다.

"올라와! 못난 코 망가지면 더 볼품없을 테니 제대로 망가지기 전에 치료해야지."

그렇게 말한 마의가 뒷짐을 진 채 동굴 안으로 들어가 버렸다. 그에 머리를 긁적인 서윤이 동굴 안으로 들어갔다.

"아!"

마의가 코피를 닦아내고 코를 이리저리 만지자 서윤이 짧은 비명을 질렀다.

"엄살은 이놈아, 그 죽을 고비를 몇 번이나 넘겨놓고 고작 이게 아파?"

"아픈 건 아픈 겁니다."

"이런 놈에게 기대를 걸다니. 잘 하는 짓인지 모르겠구나. 뼈는 안 상했으니 죽을 것 같은 표정은 썩 치워!"

"알겠습니다."

그렇게 말한 서윤이 다시 동굴 밖으로 발걸음을 옮기자 마의가 뒤에서 소리를 질렀다.

"이놈아! 오늘은 그만 안 할래? 또 부딪치면 정말 부러져!"

"고쳐 주실 거면서 그러십니다."

그렇게 말한 서윤이 동굴 밖으로 나갔다. 그러고는 다시 공터로 내려가 쾌풍보를 펼칠 준비를 했다.

"쯧쯧쯧. 다른 사람들 귀한 줄 알면 제 몸 귀한 줄도 알아야지."

그렇게 중얼거린 마의가 서윤의 코를 치료한 후 남은 쓰레기를 치우려 할 때였다.

쾅!

"윽!"

서윤의 비명 소리가 들렸고 화가 난 마의가 밖을 향해 소리
쳤다.

"야, 인마!"

                    *   *   *

열흘이 더 흘렀다.

짧은 시간이 흘렀지만 날은 확실히 더욱 따뜻해졌다. 간혹
찬바람이 불기는 했지만 그래도 움츠릴 정도는 아니었다.

서윤은 열흘 동안 풍절비룡권과 쾌풍보 수련에 몰두했다.

신도장천에게 무공을 배울 때를 제외하고 이렇게나 열심히
한 적이 있었나 싶을 정도로 집중하고 또 집중했다.

그 결과 서윤은 마의로부터 몸이 완벽하게 회복되었다는
이야기를 들을 수 있었다.

이제 남은 것은 진기의 운용뿐이었다.

                    *   *   *

서윤이 나무들 사이를 헤집고 다녔다.

처음에는 발도 꼬이고 나무에 부딪치기 일쑤였지만 이제는
제법 능숙하게 쾌풍보를 펼치고 있었다.

물론 진기의 운용이 가능해지고 속도가 빨라지면 또 어떻게 될지 알 수 없었지만 지금까지는 만족스러운 성과라 할 수 있었다.

'된다!'

서윤은 기쁜 마음으로 쾌풍보를 펼치고 있었다.

그런데 그 순간, 당혹스러운 일이 벌어졌다. 지금까지 아무리 풍질비룡권을 펼치고 쾌풍보를 펼쳐도 유유히 몸을 돌아다닐 뿐이던 진기가 다리 쪽으로 몰리기 시작한 것이다.

"어! 어!"

갑자기 빨라진 속도에 서윤은 당혹스러움을 금치 못했다.

진기를 운용할 수 있고 본인 스스로가 속도를 제어할 수 있는 상황이라면 전혀 문제될 것이 없겠지만 지금은 그렇지 않았다.

제어할 수 없는 속도는 그 자체만으로도 굉장히 위험한 요소였다.

진기를 운용하지 않은 상태에서 나무에 부딪쳤을 때에도 하마터면 코가 부러질 뻔했다.

그런데 지금은 어떻겠는가.

코뼈가 부러지는 것으로 그치지 않을 것이 분명했다.

'집중하자!'

서윤은 두 눈을 크게 뜨고 정면을 응시했다.

다시금 쾌풍보에 익숙해진 다리 덕분에 위기를 넘긴 것이 한두 번이 아니었다.

서윤의 옆으로 나무들이 엄청난 속도로 지나갔다.

그럴 때마다 가슴이 철렁했지만 그렇다고 가슴을 쓸어내리고만 있을 수도 없었다.

'젠장!'

가까스로 나무들 사이를 휘젓던 서윤은 엄청난 속도로 가까워지는 굵은 나무를 정면으로 마주하고 있었다.

'안 돼! 멈춰!'

서윤이 다급하게 속으로 외쳤다.

하지만 야속하게도 나무는 한 치 앞으로 다가와 있었다.

"제발! 말 좀 들어라!"

서윤이 그렇게 소리치며 눈을 질끈 감았다.

이어지는 정적.

응당 뒤따라 왔어야 할 통증은 찾아오지 않고 있었고 얼굴에 닿는 감촉도 느껴지지 않았다.

서윤은 조심스럽게 눈을 떴다.

그러자 바로 코앞에 다가와 있는 나무 기둥이 시야를 가득 채우고 있었다.

"헉! 헉! 헉!"

서윤은 그대로 주저앉았다.

자칫 코뼈뿐만 아니라 얼굴뼈는 물론 갈비뼈까지도 부러질 수 있었던 상황.

그 아찔한 상황을 떠올리니 다리에 힘이 풀린 것이다.

주저앉은 서윤은 그대로 벌러덩 드러누워 버렸다. 그러고는 나무줄기들 사이로 보이는 하늘을 올려다보았다.

'될까? 아니, 될 거야.'

그렇게 속으로 중얼거린 서윤이 몸을 일으켰다.

그러고는 자신이 온 방향 쪽으로 몸을 돌린 후 크게 신호흡을 했다.

"해보자."

떨리는 가슴을 진정시키려는 듯 중얼거린 서윤이 오른쪽 다리를 슬쩍 내디뎠다.

지금껏 수련한 덕분에 온몸에 퍼져 있던 쾌풍보를 펼칠 때의 감각은 살아난 상태였다. 서윤은 그것을 믿고 진기의 운용에만 집중하기로 했다.

"후우……."

다시 한 번 심호흡을 한 서윤이 앞으로 내디딘 오른 다리에 힘을 주었다.

팟!

힘찬 박참에 땅이 움푹 파였다.

그와 동시에 서윤이 빛처럼 앞으로 쏘아졌다.

"하하하!"

서윤이 기쁜 웃음을 터뜨렸다.

진기를 마음대로 움직일 수 있었고 속도도 익숙했다. 사라진 것은 아니었지만 마음대로 제어할 수 없었던 진기를 되찾고 나자 속도에도 금방 익숙해졌다.

나무들이 빠르게 다가왔다.

하지만 향상된 동체 시력을 바탕으로 그것들을 피하는 것은 결코 어려운 일이 아니었다.

순식간에 다시 공터에 도착한 서윤은 곧바로 풍절비룡권을 펼치기 시작했다.

팡! 팡팡!

서윤이 초식을 펼칠 때마다 진기가 움직였고 허공에 작은 파공음을 만들어냈다.

처음 진기의 운용을 익혔을 때 들었던 그 소리.

그때에도 기뻤지만 지금 이 순간만큼은 아니었다.

"됐다! 돌아왔다!"

서윤이 두 손을 번쩍 치켜들고 소리쳤다. 그러자 동굴 안에 있던 마의가 인상을 찌푸리며 밖으로 나왔다.

"시끄러! 이제 본전치기한 주제에 뭐가 이리 소란이야!"

하지만 서윤은 그런 마의의 호통은 신경도 쓰지 않은 채 한참 동안 기쁨을 만끽했다.

서윤이 마의에게 발견되고 치료를 시작한 지 반 년 만의 일이었다.

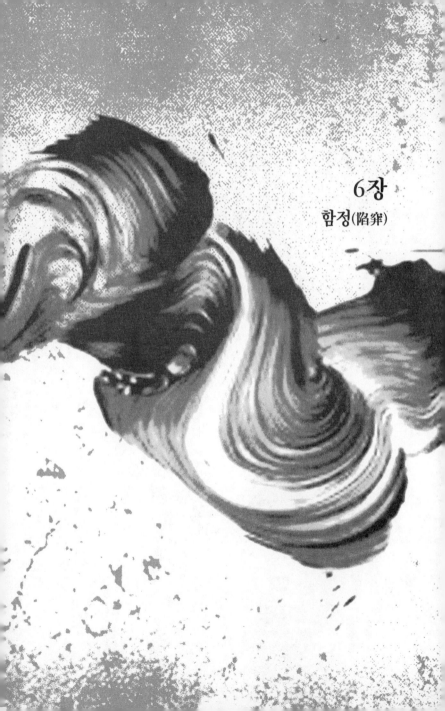

6장
함정(陷穽)

風神徐闇

풍신서윤

어두운 밤.

별도 없이 둥근 보름달이 홀로 외로이 밤하늘을 밝히고 있었다.

늦은 시간까지 무공 수련에 매진한 설시연은 처소로 돌아가지 않고 보름달을 올려다보고 있었다.

서윤이 실종되고 난 후 설시연의 분위기는 완전히 달라져 있었다.

웃지 않았으며 차가운 기운을 풀풀 풍기고 있었다.

그나마 가족들이나 상단 사람들과 있을 때에는 옅은 미소를 보이기도 했으나 낯선 사람들 앞에서는 조금도 웃지 않았다.

하지만 지금 이 순간 달을 올려다보고 있는 설시연의 눈동자는 흔들리고 있었다.

"살아 있는 거죠?"

설시연이 중얼거렸다.

반년이 흘렀다. 그동안에도 서윤의 흔적은 찾을 수 없었고 대다수의 사람들은 서윤이 죽었을 것이라 생각했다.

하지만 그럼에도 설시연을 비롯한 가족들은 아직 서윤이 살아 있을 거라고, 부상이 심해 회복하는데 시간이 오래 걸리기 때문에 늦는 거라고 굳게 믿고 있었다.

그런 믿음이 없었다면 설시연은 또 한 번 무너졌을지도 몰랐다.

설백의 실종, 그 후 돌아오긴 했으나 살아 있지만 살아 있는 것이 아닌 상태의 설백을 보며 너무나 힘들었다.

그래도 비슷한 아픔을 겪은 서윤이 있었기에 버틸 수 있었다.

특히 상행을 함께하며 그녀 자신도 모르게 서윤에게 많이 의지하고 있었다는 것을 깨달은 후부터는 더욱 마음을 독하게 먹었다.

서윤이 돌아왔을 때 못난 모습, 흐트러진 모습은 보이고 싶지 않았다.

달을 보며 다시 한 번 마음을 다잡은 설시연이 처소로 발걸음을 옮겼다.

*   *   *

　완전히 회복하고 이틀이 지난 후.

　서윤은 마의와 마주보고 앉아 있었다. 여느 때와 달리 두 사람 사이에 흐르는 분위기는 무겁고 진지했다.

　"지금부터는 반드시 나를 믿고 따라야 한다. 나 역시도 집중할 것이고 너 역시도 집중해야 한다."

　"알겠습니다."

　"오래 걸릴 수도, 금방 끝날 수도 있다. 상단전을 열게 되면 분명 진기가 움직일 것이다. 끝까지 정신 차리고 진기를 잘 다스려야 한다. 흐름을 막을 때와 가만히 놔두어야 할 때를 잘 판단해야 한다는 뜻이다."

　"예."

　서윤이 굳은 표정으로 고개를 끄덕였다.

　"등을 돌리고 앉아라."

　마의의 말에 서윤은 그에게 등을 돌리고 앉았다. 그러자 마의는 일어선 채로 장침 몇 개를 꺼내 들었다.

　"혈을 자극하고 뚫을 것이다. 진기가 움직일 테지. 하지만 상단전이 완전히 열리기 전까지는 진기를 머리 쪽으로 이끌어서는 안 된다. 최대한 막아라."

"예."

"시작하마."

그렇게 말한 마의는 장침 하나를 서윤의 백회혈에 꽂았다. 이렇게나 깊숙이 들어가도 되나 싶을 정도로 깊숙이 꽂았다.

침이 꽂히는 순간 서윤은 통증보다 무언가가 머리 위로 쏟아지는 것 같은 기분이 들었다.

"백회를 통해 상단전을 열면 자연의 기운이 스며든다. 결국에는 네 것이 되겠지만 지금은 전혀 상반된 기운. 지금부터가 중요하다!"

마의의 외침에 서윤은 이를 악물었다.

역시나 그가 말한 것처럼 하단전에서 시작한 진기가 중단전을 거쳐 상단전 쪽으로 올라가려 하고 있었다.

'안 돼!'

서윤은 침착하게 진기를 인도했다.

하단전과 중단전을 오가는 경로에 억지로 진기를 붙잡아둔 서윤은 속으로 작게 안도의 한숨을 쉬었다.

그러는 사이 마의가 나머지 장침 두 개를 풍지혈(風池穴) 두 자리에 꽂았다.

풍지혈 두 자리에 침이 꽂히자 백회혈에만 침을 놓았을 때와는 비교도 할 수 없을 정도로 많은 양의 기운이 머리 쪽으로 흘러드는 것을 느낄 수 있었다.

그러자 하단전과 중단전을 오가던 진기가 거기에 반응해

빠른 속도로 상단전을 향해 올라가기 시작했다.

"아직! 아직 아니다! 막아!"

마의가 소리쳤다. 그에 서윤도 어떻게 해서든 진기의 흐름을 막기 위해 애썼다.

하지만 진기는 서윤의 통제를 벗어나 있었다.

전혀 말을 듣지 않고 꾸역꾸역 백회혈과 풍지혈 쪽으로 올라가고 있었다.

'안 돼!'

서윤이 소리쳤다. 그리고 온 힘을 다해 진기의 경로를 돌리려 애썼다.

백회혈과 풍지혈을 통해 쏟아져 들어오는 기운을 감당하는 것도 벅찬데 진기까지 다스리려다 보니 서윤은 도저히 견딜 수가 없었다.

"정신 바짝 차려라!"

마의가 다시 한 번 소리쳤고 서윤은 다시 한 번 이를 악물었다.

그리고 가까스로 백회혈과 풍지혈로 향하던 진기의 경로를 바꿀 수 있었다.

다행이라며 안도하던 찰나.

서윤은 지독한 통증을 느껴야만 했다.

하필 진기가 방향을 튼 쪽이 임맥 쪽이었기 때문이었다.

"빌어먹을!"

마의 역시 서윤의 진기가 임맥 쪽으로 흘러들어 가고 있음을 알아차렸다.

상단전이 모두 열린 다음이라면 모르겠지만 지금 이 순간 임맥에 강한 충격이 가해진다면 백치가 되거나 죽을 수도 있었다.

"정신 꽉 붙들어!"

그러면서 마의가 작은 침 몇 개를 머리 쪽에 꽂았다. 임맥으로 이어지는 혈의 경로 몇 군데를 막은 것이다.

혈이 막히자 진기들이 갈 곳을 잃고 다시 되돌아가기 시작했다. 그러더니 이제는 독맥을 향해 움직였다.

"가지가지 하는구나!"

마의가 다시 몇 군데에 침을 꽂았다. 독맥으로 이어지는 경로를 막은 것이다.

임맥과 독맥으로 이어지는 경로가 모두 막히자 진기는 성이 난 듯 백회와 풍지 쪽으로 움직이려 했다.

하지만 그것을 서윤이 가만히 둘 리가 없었다.

'거기로는 안 돼!'

서윤이 아득해지려는 정신을 겨우 붙들며 진기를 이끌었다. 그에 따르지 않으려고 한참을 발버둥 치던 진기는 이내 서윤의 인도에 따라 하단전 쪽으로 내려가기 시작했다.

"고비는 넘겼다. 이제 일 각, 일 각의 시간만 버티면 된다."

마의의 목소리가 귓속으로 흘러들자 서윤은 한시름 놓을

수 있었다.

하지만 그런 서윤의 마음을 읽었는지 하단전에 들어가 잠시 웅크리고 있던 진기가 스멀스멀 흘러나오기 시작했다.

그러더니 마치 도움닫기를 하듯 잔뜩 웅크렸던 진기가 아까와는 비교할 수 없을 정도로 빠르게 올라왔다.

목표는 마의가 경로를 막아 놓았던 임독양맥이었다.

핑! 핑! 핑!

경로를 막기 위해 꽂아두었던 침이 허공으로 튕겨졌다. 길이 뚫리자 진기들은 지체하지 않고 서윤의 임맥과 독맥을 향해 돌진했다.

쫘광!

뇌에 천둥번개가 치는 것 같은 소리가 들리더니 세상 그 어떤 고통과도 비교할 수 없을 정도로 엄청난 통증이 몰려왔다.

"큭!"

"정신차려라!"

소리친 마의가 초조하게 시간을 기다리고 있었다. 이제 반각의 시간이 남았을 뿐이었다.

쫘광!

또 한 번의 충돌!

임맥과 독맥을 뚫으려는 진기의 움직임이 더욱 거칠어졌다. 그럴수록 서윤이 받는 충격과 고통은 상상을 초월했다.

의식을 잃지 않고 있는 서윤의 정신력을 칭찬해야 할 때였다.

진기가 잠시 숨을 고르는 듯하더니 단번에 뚫어버리려는 듯 있는 힘껏 양맥에 부딪쳐 왔다.

꽈과과광!

몇 개의 벽을 한 번에 뚫기라도 하듯 강하게 부딪치는 진기에 서윤은 순간 의식을 잃을 뻔했다.

하지만 정말 초인적인 의지로 멀어지는 의식을 붙든 서윤은 어서 이 고통이 끝나기만을 바랄 뿐이었다.

꽝!

"됐다!"

서윤의 임맥과 독맥에서 마지막 충돌이 일어났다. 그리고 그 순간 마의가 백회와 풍지에서 장침 세 개를 뽑아냈다.

서윤의 임독양맥을 뚫은 진기가 사나운 기세로 상단전을 향해 달려들었다.

그러자 서윤의 상단전에 스며든 기운이 부드럽게 움직이며 진기를 감싸기 시작했다.

거칠게 달려드는 진기를 달래려는 듯 포근하게 감싸며 어루만졌다.

그러자 마치 맹수의 그것과 같은 사나운 기세를 뿜어내던 진기가 잠잠해지더니 상단전의 기운과 어우러지기 시작했다.

"휴……"

마의가 안도의 한숨을 내쉬었다. 서윤은 임독양맥이 뚫리는 순간 의식을 잃은 상태였다.

"마교주도 상단전을 열고나서 한참 후에야 임독양맥을 뚫었건만. 이건 또 무슨 조화이며 어떤 운명이란 말인가."

마의가 중얼거렸다.

깨달음을 통해 상단전을 열고 임독양맥을 뚫었다면 오기조원(五氣朝元)이나 삼화취정(三花聚頂)의 경지에도 올랐겠지만 아직은 아니었다.

"괜히 억지로 상단전을 연 건 아닌가 모르겠구나."

순간 마의는 후회가 들었으나 이내 고개를 흔들며 잡념을 지우고는 고개를 푹 숙인 채 의식을 잃은 서윤을 바르게 눕혔다.

다행히 호흡이 고르고 혈색이 나쁘지 않으며 맥도 일정했다. 결과적으로 서윤의 상단전을 열기 위한 시도는 성공으로 끝이 났다.

서윤은 이틀간 의식을 잃은 채 누워 있었다.

억지로 상단전을 연 것이 성공적이기는 했지만 그로 인해 더 큰 충격을 받았기 때문이다.

이틀이나 의식을 찾지 못하고 있었지만 마의는 크게 걱정하지 않는 듯했다. 걱정하며 옆을 지키는 대신 종이와 지필묵을 놓고 무언가를 적어 내려갔다.

간단한 서찰 정도가 아니라 이틀 동안 무언가를 계속해서 썼는데 그 양이 상당했다.

의식을 잃은 지 이틀째 되는 날 밤.

서윤이 눈을 떴다. 머리가 아픈지 잔뜩 인상을 찌푸렸다.

"일어났냐."

부스럭거리는 소리에 계속해서 종이에 무언가를 적던 마의가 말했다.

"예, 머리가 굉장히 아프군요."

"의식을 잃었다가 깨어났으니… 누구든 오랜 시간 자다 깨면 머리가 아픈 법이다."

그렇게 말한 마의가 붓을 놓고는 자리에서 일어섰다.

"그래도 일찍 깼구나. 마교주는 나흘을 누워 있었는데."

마교주보다 일찍 깼다는 말에 서윤은 왠지 모르게 기분이 좋았다. 이긴 것 같았기 때문이었다.

하지만 그런 마음은 이내 가라앉았다.

"상단전이 열린 겁니까?"

"상단전만 열린 게 아니라 임독양맥도 다 뚫렸다. 운기해 보면 알 거다."

"그럼 운기 좀 하겠습니다."

그렇게 말한 서윤이 곧장 가부좌를 틀고 눈을 감았다. 그러고는 대주천의 경로로 진기를 움직였다.

'이게…….'

가볍게 한 바퀴 돌리려고 하단전에서 진기를 인도했는데 생각보다 많은 양이 끌려왔다.

조금 당혹스럽기는 했지만 나쁜 것은 아니었기에 서윤은 천천히 무의식의 세계로 빠져들었다.

"엄청나네요."

한 시진가량 운기를 한 서윤이 눈을 뜨자마자 한 말이었다.

"엄청나지. 상단전은 하단전이나 중단전과는 차원이 다르니까. 한 가지 아쉬운 점은 임독양맥까지 타통된 점이다."

"좋은 것 아닙니까?"

"전혀."

마의의 단호한 한 마디에 서윤이 의아한 표정을 지었다.

"임독양맥이 타통되었으니 그 효과는 제법 클 거다. 하지만 거기까지야. 그냥 진기의 양이 많아지고 독에 대한 내성이 생긴 정도지."

"그게 왜 나쁘다는 겁니까?"

서윤의 물음에 마의가 답답하다는 듯 말을 이었다.

"생각해 봐라. 깨달음을 동반한 타통이라면 넌 이미 오기조원이나 삼화취정의 단계에 올랐을 거다. 하지만 그 경지에 오르지 못했어. 반쪽짜리란 말이다."

"어차피 상단전을 연 것도 반쪽일 뿐입니다. 깨달음은 시간을 두고 노력하면 됩니다."

"이런 상황에서 그런 느긋함이라니. 좋은 건지 나쁜 건지 이젠 나조차도 헷갈린다."

마의의 핀잔에 서윤은 미소를 지었다.

"날이 밝으면 떠나거라."

"예?"

"예? 그럼 여기 계속 눌러 앉아 있을 셈이었더냐?"

"그런 건 아닙니다만."

너무 오랜 시간 이곳에 머물렀기 때문일까. 이곳을 떠나야 한다는 생각을 하니 서윤은 왠지 모르게 마음 한구석이 허해지는 느낌을 받았다.

"이곳을 벗어나는 순간 지옥이다. 세상이 어떻게 돌아가는지 알 수가 없어."

"난장판이겠지요."

"그렇겠지. 하지만 이곳을 떠난다고 해도 당분간은 그 누구와도 마주치지 않는 것이 좋을 거다."

마의의 말에 서윤이 이해할 수 없다는 표정으로 그를 바라보았다.

"상단전을 뚫어 주었는데도 아직까지 멀리 보지 못하는구나. 생각해 봐라. 네가 이곳에 있었던 시간이 반년이다. 반년이면 네가 살아 있을 거라고 믿던 사람들도 죽었다고 생각하기 딱 좋은 기간이지. 넌 죽은 사람이다. 적들에게 네가 살아 있다는 걸 당장에 알려봤자 좋을 게 없지 않겠냐?"

마의의 말에 서윤이 고개를 끄덕였다. 그러는 사이 마의가 이틀간 무언가를 적은 종이를 가져왔다.

그러고는 곱게 접어서 서윤에게 건넸다.

"네가 할 일이 있다."

"이게 무엇입니까?"

"북경에 가서 허문(許聞)이라는 사람을 찾아라. 그리고 그에게 이걸 전해라."

"그게 누굽니까?"

"아직은 몰라도 된다. 너뿐만 아니라 많은 이에게 득이 될 일이니 걱정 말고. 북경까지는 꽤 먼 거리다. 그곳에 도착하기 전에 괜히 죽으면 여러 모로 손해니 최대한 은밀하게 가는 게 좋을 거야."

"알겠습니다."

"날이 밝거든 조용히 떠나라. 괜히 나를 깨울 필요는 없다."

"예."

"그리고 이것도 가져가라. 삿갓이라도 써야 얼굴을 가릴 수 있을 것 아니냐."

마의가 서윤에게 자신이 쓰던 허름한 삿갓을 건네주었다. 그것을 받으며 서윤은 아쉬운 듯 고개를 끄덕였다.

그래도 반년이라는 시간 동안 정이 들었는데 한순간에 내쳐지는 기분이 들어 아쉬움이 더 컸다.

말을 마친 마의는 곧장 잠자리에 들었다.

그러고는 얼마 지나지 않아 코를 골기 시작했다.

서윤은 의식을 찾은 지 얼마 되지 않은 데다가 마음도 심란
하여 다시 운기에 들었다.

날이 밝자 서윤은 조용히 동굴을 나섰다.

몇 걸음 걷다가 발걸음을 멈춘 서윤은 동굴 쪽을 돌아보았
다. 그러고는 아직까지 자고 있을 마의를 생각하며 포권을 하
고는 이내 그 자리에서 사라졌다.

                    *   *   *

삿갓을 쓴 사내가 바위를 내려다보고 있었다.

가만히 서서 바위를 쳐다보고 있는 그를 사람들이 힐끗힐
끗 쳐다보며 지나가고 있었다.

그런 사람들의 시선에도 아랑곳하지 않고 삿갓을 쓴 사내,
서윤은 바위만 바라보고 있을 뿐이었다.

서윤이 있던 곳은 조경현에서 멀지 않은 곳에 있는 칠성암(七
星岩)이었다.

칠성암을 내려온 서윤은 북쪽으로 향하는 대신 조경현으
로 방향을 잡았다. 마지막으로 황보수열을 봤던 그곳에 가기
위함이었다.

그날의 상황이 워낙 급박하여 방향이나 위치를 정확히 알기는 어려웠지만 서윤은 기억을 더듬고 더듬어 이곳을 찾았다.

아직도 그날의 그 장면이 머릿속에 생생했다.

자신의 가슴에 박힌 검을 붙잡고 자신에게 피하라고 소리치던 황보수열이 지금 이 순간에도 이 자리에 있는 것 같았다.

'조장의 희생은 절대 잊지 않겠습니다. 편히 눈 감을 수 있도록 반드시 복수하겠습니다.'

서윤이 눈을 감고 황보수열을 애도했다.

그리고 잠시 후, 서윤은 마치 연기가 흩어지듯 그 자리에서 사라졌다.

상단전을 열어 늘어난 진기를 바탕으로 서윤은 속도를 높였다. 예전보다 더 빠르게, 그리고 더 오랜 시간 달릴 수 있었다.

진기는 마르지 않는 샘처럼 솟아나 서윤을 돕고 있었다.

이틀은 걸릴 거리를 하루 만에 주파한 서윤은 날이 어두워지고 나서야 호남성에 도착할 수 있었다.

밤이 깊어진 시간에야 의장(宜章)현에 도착한 서윤은 천천히 발걸음을 옮겼다.

밤이 깊은 시간이었기 때문에 주막이나 객점을 제외하고는 모두 불이 꺼져 있었다. 오가는 사람들도 없었기에 이따금 들려오는 술 취한 사람들의 목소리를 제외하면 전체적으로 고요했다.

돈이 없어 객점을 잡지는 못하지만 밤을 보내기는 해야 하는 상황.

제대로 잠은 못 자더라도 마음 편히 운기라도 할 수 있는 곳을 찾아야 했다.

'어디가 나으려나.'

"꺄아악!"

갑자기 들린 비명 소리에 술을 마시던 몇몇 사람이 건물 밖으로 나와 주변을 두리번거렸다.

서윤은 이미 비명 소리가 들린 쪽으로 사라지고 없었다.

촤아악!

서윤이 미끄러지며 비명 소리가 들린 것으로 짐작되는 곳에 도착했다.

하지만 그곳에는 저항했던 흔적만 있을 뿐 아무도 없었다.

'바로 움직였는데… 늦었나?'

서윤이 주변을 두리번거리고는 바닥에 남아 있는 흔적을 살폈다.

'이쪽.'

흔적을 통해 방향을 읽은 서윤은 지체하지 않고 신형을 날렸다.

비명 소리의 주인공을 찾는 것은 오래 걸리지 않았다.

얼마 지나지 않아 처녀 한 명을 끌고 가는 한 무리의 사람들을 발견한 것이다.

'죽일 놈들.'

서윤의 눈에 살기가 돌았다.

그러고는 땅을 박차고 빠른 속도로 그들에게 접근했다.

퍽!

가장 뒤쪽에 서 있던 자가 서윤의 주먹에 뒤통수를 맞고 그대로 나가떨어졌다.

진기를 많이 싣지 않았기에 기절한 것일 뿐 죽지는 않았다.

여인을 끌고 가던 사람들은 갑자기 나타난 서윤을 보고 깜짝 놀라더니 이내 가진 무기를 꺼내들었다.

하지만 그사이 서윤은 벌써 움직이고 있었다.

퍼퍽!

순식간에 움직여 두 명을 때려눕힌 서윤은 신형을 멈추었다. 그들 중 한 명이 여인의 목에 칼을 대고 있었기 때문이었다.

"너 뭐야! 가까이 오면 이 여자는 죽어!"

사내의 외침에 서윤은 움직이지 않고 가만히 서서 그를 노려보았다.

그러자 남아 있던 다섯 명 정도 되는 사람이 서윤에게 무기를 겨누며 에워쌌다.

"납치인가?"

"신경 쓸 거 없다!"

외치는 사내의 목소리는 떨리고 있었다. 자신들로서는 어떻게 할 수 없는 고수라는 것을 알고 있기 때문이었다.

지금 이 순간 살 수 있는 유일한 끈은 자신의 품에 있는 여인이었다.

"너희들 뭐냐. 왜 그 여자를 납치한 거지?"

"알 거 없대도!"

사내가 소리쳤다. 그러자 서윤이 차가운 표정으로 한숨을 쉬었다.

"어딜 가나 이런 것들은 있군. 너희, 녹림인가?"

"녹림이라면?"

사내의 대답에 서윤의 눈이 빛났다. 이들이 진짜 녹림이라면 머뭇거릴 이유가 없었다.

"녹림이란 말이지……. 잘 됐군."

말이 끝남과 동시에 서윤의 신형이 사라졌다.

그에 서윤을 에워싸고 있던 자들은 굉장히 당황했다. 어디로 사라졌는지 보지 못했기 때문이다.

"뒤!"

서윤을 발견한 자가 소리쳤다.

퍽!

하지만 서윤의 앞에 있던 자는 미처 반응하지 못하고 옆구리에서 밀려오는 엄청난 통증을 느끼며 쓰러졌다.

그리고 서윤은 또다시 사라졌다.

그렇게 자신을 둘러쌌던 다섯 명의 사내가 모두 쓰러졌고 서윤은 다시 또 사라졌다.

"뭐, 뭐야! 어딨어! 당장 나타나! 안 그러면 이년은 죽는다!"

겁에 질린 사내가 소리쳤다. 그러고는 칼을 쥔 손에 더욱 힘을 주며 여인의 목에 가져다 댔다.

하지만 서윤은 나타나지 않았다.

주변의 고요함이 사내의 공포심을 더욱 키우고 있었다.

두려움에 떨며 주변을 두리번거리고 있을 때 바로 뒤에서 목소리가 들려왔다.

"정말 녹림인가?"

"히익!"

갑작스레 들려온 서윤의 목소리에 사내가 검을 놓치고 주저앉고 말았다.

사내의 손에서 풀려난 여인은 얼른 서윤의 뒤로 가 그의 옷자락을 움켜쥐었다.

"똑바로 대답해. 정말 녹림인가?"

"아, 아닙니다! 저희는 녹림이 아닙니다!"

사내의 말이 존대로 바뀌어 있었다. 그러고는 어느새 서윤의 앞에 무릎을 꿇고 연신 고개를 조아리고 있었다.

"이 여인은 어디로 데려가려던 거지?"

"저희들의 소굴로……."

"소굴? 도적 떼로군. 너희들 말고 더 있다는 뜻이고."

서윤의 말에 사내는 아무런 대답도 하지 못했다.

"가시오."

서윤이 자신의 등 뒤에 있는 여인에게 말했다. 하지만 여인
은 두려운 듯 고개를 저으며 더욱 서윤에게 바짝 붙었다.

"이들은 걱정 말……!"

말을 하던 서윤이 눈을 부릅뜨며 몸을 틀었다.

하지만 서윤의 옆구리에는 작은 단도 하나가 박혀 있었다.

"반응 속도가 빠르네? 그래도 찔렀으니까 상관없어."

방금 전까지 두려움에 떨던 여인의 표정이 바뀌었다.

차갑기 그지없는 표정과 살기.

서윤은 그제야 당했다는 것을 알아차렸다.

'어떻게? 내 위치를 어떻게 안 거지?'

서윤은 기억을 더듬었다.

마의의 거처에서 나와 지금까지 최대한 은밀하게 움직였다.
미행이 붙는 것도 느끼지 못했다.

그런데 어떻게.

"너희들은 당장 꺼져라. 죽고 싶지 않으면."

여인의 서슬 퍼런 말에 서윤에게 맞아 뒹굴고 있던 자들이
허겁지겁 도망쳤다.

"누구냐."

서윤이 여인에게서 떨어지며 물었다.

그러고는 그녀에게 시선을 고정시킨 채 옆구리에 박혀 있는
단도를 뽑음과 동시에 점혈을 하여 출혈을 최소화했다.

"나? 부탁받은 사람이지."

여인이 미소를 지으며 대답했다. 그러고는 서윤에게 천천히
다가갔다.

"죽지는 않을 거야. 하지만 적어도 며칠 동안은 내력을 쓸
수 없을 테니 도망칠 생각은 하지 마, 서윤."

서윤이 눈을 부릅떴다.

역시나 상대는 자신이 누구인지 정확히 알고 있었다.

"무려 반년, 반년이나 걸렸어. 그곳에서 나오길 기다린
게.";

서윤은 다시 한 번 충격을 받았다. 하지만 내색하지 않고
물었다.

"날 찾은 이유는?"

"말했잖아. 부탁받았다고. 이런 청부는 또 처음이네."

'청부……. 살수였나?'

그렇게 생각하는 사이 여인과 서윤 주변으로 몇 사람이 나
타났다.

"데려가."

"알겠습니다."

여인의 말에 나타난 사람들이 서윤의 양 옆으로 오더니 그를 데리고 사라졌다.

"이제 흥정을 좀 해볼까?"

그렇게 말한 여인도 그 자리에서 사라졌다.

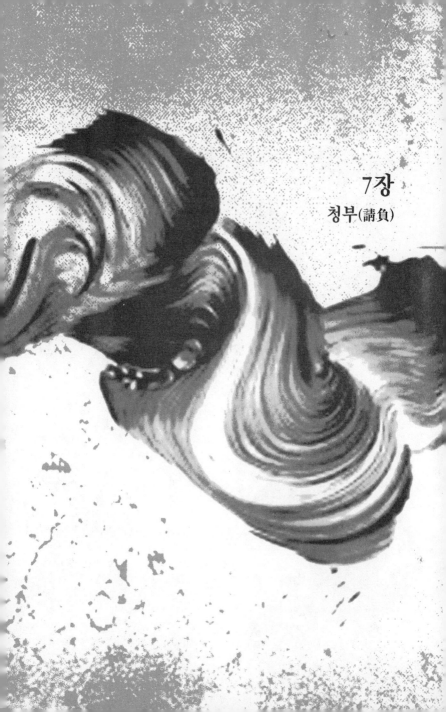

7장
청부(請負)

風神徐闇

풍신서윤

　서윤은 어두컴컴한 밀실로 끌려왔다.

　의자에 팔과 다리를 묶여 움직일 수 없는 상태가 되어 있었
다.

　이곳까지 오는 동안 계속해서 진기를 끌어 올리려 노력했지
만 찌른 단검에 독이 묻어 있었는지 내력이 모이질 않았다.

　'독에 내성이 생겼다더니.'

　서윤은 임독양맥을 뚫은 덕분에 독에 대한 내성이 생겼을
거라는 마의의 말을 떠올렸다.

　그런데 이렇게 쉽게 독에 당하다니 어이가 없었다.

　진기가 모이지 않는 탓에 옆구리에 난 상처에서 심한 통증

이 밀려오고 있었다.

그렇게 얼마가 지났을까.

밀실의 문이 열리더니 아까의 그 여인이 모습을 드러냈다.

아까는 영락없는 촌부의 복장이었다면 지금은 전형적인 살수의 복장이었다.

"이렇게 입으니까 새롭지? 호호."

그렇게 말하며 여인이 서윤의 앞으로 의자를 끌고와 다리를 꼬고 앉았다.

"어떻게 할 거야?"

여인이 서윤을 빤히 바라보더니 물었다.

"무슨 말이지?"

"반년 동안 널 기다리느라고 제대로 청부를 못 받았단 말이야. 그동안 입은 손해는 어떻게 할 거냐고."

"그건 나한테 물을 게 아닐 텐데. 날 찾으라고 청부 넣은 사람에게 해야지."

서윤의 대답에 여인이 크게 웃었다.

"맞네. 똑똑한걸? 자, 그럼 왜 그들이 널 찾아달라고 했을까."

서윤에게 묻는 것인지 본인 스스로 생각을 해보려는 것인지 모를 말이었다.

"폭렬단이겠지, 날 찾으라고 한 건. 그게 아니라면 마교주거나."

"오호?"

보통 살수들은 청부자에 대한 정보를 밝히지 않는다. 하지만 지금 눈앞의 여인은 스스럼없이 밝히고 있었다.

　"제법이네. 하긴 그동안의 일들을 생각하면 못 맞추는 것도 이상하지. 맞아, 폭렬단의 청부지. 그런데 반만 맞췄어."

　여인의 말에 서윤이 의아하다는 표정으로 그녀를 쳐다보았다.

　"너를 찾아달라는 청부를 난 두 사람에게 받았어. 한쪽은 예상한 대로 폭렬단이고. 다른 하나는 누구일까?"

　'날 찾는 다른 사람이 있다?'

　서윤은 생각을 해보았다. 하지만 아무리 생각해도 다른 한 명은 누구일지 짐작조차 가지 않았다.

　"모르겠으면 말고. 어쨌든 난 지금 고민 중이야. 찾았으니 청부를 이행한 거고. 양쪽 다에게 알리는 게 이득일까 아니면 한쪽에게만 알리는 게 이득일까. 한쪽에게만 알린다면 어느 쪽에 알리는 게 이득일까."

　서윤은 그제야 눈앞의 여인이 자신이라는 패를 쥐고 저울질 중이라는 것을 알았다.

　"적어도 한 가지는 확실하군. 폭렬단에 알리면 내가 죽는다는 것."

　"그야 당연하지."

　그렇게 말한 여인이 의자에서 일어나 밀실 안을 거닐었다. 그러면서 다시 입을 열었다.

"폭렬단에 너를 넘기면 넌 죽어. 그럼 우린? 우린 어떻게 될까. 저들이 그냥 너만 넘겨받고 끝낼까? 저들은 마인인데. 우리한테 괜한 해코지를 하지는 않을까?"

이번에도 누구에게 하는 질문인지 모를 말을 쏟아내는 여인이었다. 하지만 서윤은 그녀의 말에 집중할 수가 없었다. 옆구리에서 통증이 올라오고 있었기 때문이었다.

"한 가지 알려줄까?"

이번에는 서윤이 그녀에게 질문을 던졌다.

그러자 여인이 걸음을 멈추고 서윤을 바라보았다.

"지금 이 상태라면 한쪽이든 양쪽이든 날 찾았다는 소식을 전하기 전에 죽을지도 몰라."

그렇게 말한 서윤이 인상을 찌푸렸다. 그러자 여인이 웃으며 말했다.

"그 정도로는 안 죽어. 그래도 뭐, 상처는 치료해 주는 게 좋겠지? 괜히 해코지 당하기 싫으니."

그렇게 말한 여인이 밀실을 벗어났다.

그녀가 밖으로 나가자 서윤은 크게 심호흡을 한 뒤 정신을 집중했다.

'진기를 돌려야 해.'

서윤은 하단전과 중단전에 집중했다. 하지만 양쪽에 있는 진기는 꿈쩍을 하지 않았다.

'상단전은?'

그렇게 생각은 했지만 난감한 것은 마찬가지였다.

상단전을 열기는 했지만 아직까지 상단전을 어떻게 사용해야 할지 알 수가 없었다.

몇 차례 상단전의 진기를 움직여 보려 했으나 실패였다.

이는 당연했다.

서윤의 상단전에 있는 기운은 풍령신공을 통해 쌓인 진기가 아닌 상단전을 열 때 밀려들어 온 외부의 기운이었다.

즉, 서윤의 것이 아니기에 마음대로 움직일 수가 없었다.

지속적으로 운기를 해 그 자신의 것으로 만들었어야 했지만 그럴만한 시간적 여유가 서윤에게는 없었다.

'하……'

서윤은 속으로 작게 한숨을 쉬었다. 그러는 사이 밀실을 나갔던 여인이 다시 들어왔다.

"좀 따끔할 거야."

그렇게 말한 여인이 서윤의 상처에 금창약을 바르기 시작했다. 그녀의 말처럼 굉장히 따가웠지만 서윤은 이를 악물고 참았다.

"잘 참네?"

그렇게 말한 여인이 손으로 서윤의 볼을 쓰다듬고는 다시 의자에 앉았다.

그러자 이번에는 서윤이 그녀에게 물었다.

"당신은 어느 편이오?"

"편? 나한테 묻는 거야?"

서윤의 물음에 여인은 황당하다는 반응을 보였다. 그러고는 당연하다는 듯 말했다.

"당연한 거 아냐? 우리에게 돈을 주는 사람의 편이지."

"그럼 또 묻겠소. 나와 같은 경우에는 어떻소? 나를 찾아달라는 의뢰를 동시에 했다면서."

"그래서 지금 고민하는 거 아니겠어? 어느 쪽에 넘겨야 이득일지."

여인이 인상을 찌푸리며 말했다.

"좋소. 그럼 득이 되고 안 되고를 결정하는 기준은 뭐요? 단순히 돈?"

이어진 서윤의 물음에 여인의 표정이 사나워졌다.

"우리 봉황곡(鳳凰谷)을 뭘로 보고?"

그녀의 서슬 퍼런 반응에도 서윤은 눈 하나 깜짝하지 않았다. 그러고는 태연하게 말을 이었다.

"단순히 돈은 아니란 뜻이군. 그렇다면 난 나를 두고 고민하는 이유를 모르겠는데."

"무슨 뜻이지?"

"폭렬단에서는 기껏해야 내 이름과 인상착의 정도만 알려줬을 테고."

그렇게 말한 서윤은 슬쩍 눈을 돌려 여인의 표정을 살폈다. 하지만 그녀의 표정에는 조금의 변화도 없었다.

"다른 한쪽에서는 내가 누군지 정체를 알려줬을 텐데."

"폭렬단 외에 다른 의뢰인이 누군지도 모르는 주제에. 떠보는 건 그만하는 게 좋아."

여인의 말에도 서윤은 표정의 변화가 없었다. 아니, 오히려 더 여유로워졌다.

사실 서윤은 그녀의 말처럼 또 다른 의뢰인이 누군지 알지 못했다.

기껏해야 자신을 찾을 곳은 무림맹과 대륙상단밖에는 없었다. 하지만 무림맹은 당연하고 대륙상단도 봉황곡과 같은 살수들에게 자신을 찾는 일을 맡기지는 않았을 것이라 짐작했다.

무림맹에는 개방이 있으니.

물론, 적들이 발호한 이후 이해하기 어려울 정도로 개방이 맥을 못 추고는 있었으나 무림맹에서 기댈 곳은 엄청난 정보력을 자랑하는 개방밖에는 없었다.

하지만 그럼에도 서윤이 여유로운 것은 다른 이유가 아니었다.

양쪽을 두고 저울질하고 있다는 것은 적어도 또 다른 의뢰인이 마교 쪽은 아니라는 뜻이기 때문이었다.

폭렬단과 같은 쪽에 서 있는 자들이라면 굳이 저울질할 필요가 무엇이 있겠는가.

서로 다른 쪽에 서 있는 자들로부터 의뢰를 받았으니 고민을 하는 것이라고 생각했다.

그렇다면 정도 쪽의 누군가, 혹은 어느 집단이라는 뜻인데 그들이라면 자신의 정체를 상세히 알려주고 의뢰를 했을 거라 판단했다.

그렇기에 서윤은 지금 이 순간 여유로울 수 있는 것이다.

"정말 내가 떠보는 거라 생각하는군."

"당연하지."

"하하하!"

서윤이 웃음을 터뜨렸다. 그러고는 다시 입을 열었다.

"당신은 두 가지 실수를 했어."

"뭐?"

서윤의 말에 여인이 아미를 찌푸리며 물었다.

"하나는 의뢰인 한 명을 내게 얘기한 것. 뭐, 그건 소소한 거니 넘어가지. 중요한 건 두 번째니까."

"두 번째?"

"그래, 두 번째. 내 정체를 알고 있으면서도 이곳에 혼자 들어와 있는 점이지."

그렇게 말한 서윤이 팔과 다리를 묶고 있던 줄을 끊고는 순식간에 여인에게 다가가 그녀의 멱살을 잡았다.

전혀 예상하지 못했던 상황에 여인은 당황한 듯 아무런 저항도 하지 못하고 서윤의 손아귀에 잡히고 말았다.

"어, 어떻게?"

"알잖아. 내가 누군지. 그리고 지난 반년 동안 회복에만 전념한 건 아니었거든."

서윤의 말에 여인은 너무나 후회가 되었다.

그의 말처럼 여인, 봉황곡주는 서윤이 누군지 알고 있었다. 권왕 신도장천의 손자, 그의 진전을 이은 유일한 사람.

그럼에도 독을 믿고 너무 여유를 부린 것이다.

살수라면 작은 방심도 없어야 했지만 이곳은 봉황곡 깊숙한 곳. 게다가 서윤은 독 때문에 내력을 사용하지 못하는 상태였으며 묶여 있기까지 했다.

모든 상황이 자신에게 불리할 것이 없다는 생각에 방심한 것이다.

거기에 서윤을 너무 쉽게 잡은 것도 방심을 불러일으키는 데 한몫했다.

여유롭게 말하고는 있었지만 서윤은 속으로 안도의 한숨을 내쉬고 있었다.

여인이 금창약을 가지고 들어오는 순간, 상단전에 머물고 있던 기운이 움직이기 시작했다.

서윤이 아무리 움직여 보려 애썼어도 꿈쩍을 않던 기운이 움직이더니 서윤의 몸 곳곳을 돌아다니며 독을 몰아내기 시작했다.

서윤의 상단전에 있던 기운은 온전히 외부에서 들어온 기운은 아니었다.

짧은 시간이었지만 마의의 거처를 떠나오기 전 운기를 했고, 상단전에도 풍령신공의 기운이 흘러들어 갔다.

서윤이 상단전의 기운을 움직이려 했을 때에는 외부의 기운에 감싸져 있어 진기가 움직이지 못했던 것이다.

하지만 그 시도가 천운이었다.

서윤의 상단전에 있는 기운에 반응한 독이 천천히 움직이기 시작했고, 외부의 기운들이 그것을 몰아내기 위해 상단전 밖으로 흘러나온 것이다.

마치 내 집을 지키려는 집주인과 같다고 할 수 있었다.

그 덕에 독을 몰아낸 서윤은 그녀와 이야기를 하며 최대한 빠르게 내력을 회복했다.

밧줄은 진작 끊을 수 있었지만 눈앞에 있는 여인을 제압하기 위해서는 시간이 필요했고, 서윤은 그녀와 대화를 이끌어 가며 시간을 벌었다.

그 결과 봉황곡주는 서윤의 손에 잡혀 옴짝달싹 못 하는 지경에 처한 것이다.

"아는 건 다 부는 게 좋을 거야. 죽고 싶지 않으면."

"이래 봬도 봉황곡주야. 아무것도 말하지 않아."

그녀의 말에 서윤이 멱살을 움켜쥔 손에 더욱 힘을 주었다. 더 강하게 목이 졸리자 봉황곡주가 고통스러운 듯 인상을 찌푸렸다.

"여기는 봉황곡 깊숙한 곳, 살아서 나갈 수 있을 것 같아?"

"못할 것 같아?"

서윤의 반문에 봉황곡주는 자신 있게 아니라고 대답하지 못했다.

"내가 원하는 건 간단해. 나를 찾아달라고 한 또 다른 의뢰인이 누구인지 말해. 그리고 여기서 무사히 빠져나갈 수 있도록 해주면 된다."

서윤의 말에 봉황곡주는 입술을 깨물었다.

"머리 굴리지 말고. 협조하지 않으면 폭렬단까지 갈 것 없이 내 손에 죽어."

"폭렬단이 우릴 칠 이유는 없어."

"아니, 충분한 이유가 있지. 그들은 자신들의 편이 아니라면 모두가 적이거든. 아까 내게 한 말과 같은 사고방식이라면 봉황곡은 그들의 적일 뿐이야. 당장은 살려둬도 충분히 이용해먹고 죽이겠지."

"당신을 놔준다 해도 마찬가지 아닐까? 그들이라면 우리가 당신을 잡았다가 놔줬다는 걸 금방 알아차릴 거야. 그럼 우린 죽겠지."

"봉황곡의 인원이 얼마나 되지?"

"너무 많은 걸 바라는군."

"살 방법을 찾고 싶으면 말하는 게 좋아."

서윤의 말에 봉황곡주가 한숨을 쉬었다. 그러고는 서윤을 똑바로 바라보고 말했다.

"이것부터 놓고 얘기하지?"

"공격하지 않는다면."

"공격한다 해도 당하는 건 내 쪽일 게 뻔하잖아. 그런 미련한 짓은 안 해."

봉황곡주의 말에 서윤이 잡고 있던 멱살을 풀어 주었다. 그러자 봉황곡주는 심호흡을 하고는 자신이 앉아 있던 의자에 가서 앉았다.

그에 서윤도 자신이 묶여 있던 의자로 가 그녀와 마주보고 앉았다.

"살 방법이 있다는 거야?"

"확률이 얼마나 되는지는 몰라. 일단 말부터 해봐."

"하… 이건 뭐 완전히 모든 걸 다 내놓으라는 심보네. …오십 명."

"뭐? 오십?"

생각보다 적은 숫자에 놀란 듯 서윤이 되물었다.

"그래, 오십. 그중 서른은 청부를 받아 외부에 나가 있고 나를 포함해 나머지 이십 명은 이곳에 있고."

"오십이라… 좋아. 그럼 내가 반대로 청부를 하지."

"청부?"

"그래, 청부."

"일단 말해봐."

봉황곡주의 말에 서윤이 자신의 생각을 털어 놓았다.

"먼저, 당신을 제외한 다른 살수들은 모두 중원 곳곳으로 흩어진다."

"뭐? 봉황곡을 해체하란 말이야? 절대 그럴 수 없어."

봉황곡주의 말에 서윤이 고개를 저었다.

"아니. 중원 곳곳으로 흩어져 해야 할 일이 있어."

"아니라면 다행이네. 해야 할 건 뭐지?"

"무림맹을 비롯해 정도 쪽 사람들 중 마교 쪽에 붙은 사람이 있는지 알아봐 줘."

"설마 그런 사람이 있으려고."

"모르는 거지."

서윤은 의협대를 출발해 지금까지 있었던 일을 몇 번이고 되짚어 보았다.

아무리 폭렬단에 의해 은밀하게 지부들이 당했다고는 하지만 무림맹에서는 너무나 알고 있는 게 없었다.

개방이든 어디든 소식이 들어가면 그 내용이 돌고 돌아야 하는데 전혀 그렇지 않았다.

이는 분명 중간에서 소식이 끊겼기 때문이라 생각했다.

"좋아, 있다 치고. 알아낸다면 어떻게 하지?"

"아무에게도 발설하지 말고 내게만 알려주면 돼."

"그럼 난?"

"당신은 나와 함께 다닌다."

"어째서?"

봉황곡주의 물음에 서윤이 그녀를 빤히 바라보더니 입을 열었다.

"인질."

"쳇, 봉황곡의 곡주가 인질이라니."

그녀가 신세 한탄하듯 중얼거렸다. 그러고는 서윤에게 물었다.

"청부라고 했어. 그럼 대가는 뭐지?"

"목숨을 구해주는 것으론 부족한가?"

"그럼 세상 모든 사람이 청부를 하고 대가로 살려주겠다고 하게?"

"그럼 어떤 대가를 원하지?"

서윤의 물음에 봉황곡주가 진지한 표정으로 물었다.

"말하기 전에, 앞으로의 계획부터 얘기해 줘. 무엇을 어떻게 할 생각인지."

"싸워야지. 복수도 해야 하고."

서윤의 대답에 잠시 무언가를 생각하던 봉황곡주가 다시 입을 열었다.

"내가 원하는 대가를 말하겠어. 우리는 양지를 원해."

"양지?"

"그래, 양지. 살수들은 어쩔 수 없이 음지에 존재할 수밖에 없어. 그래서 언제나 양지를 갈망하지. 남들 앞에 떳떳하게 나서서 무인이라고 당당하게 말할 수 있는 그런 것."

"좀 더 구체적으로 얘기해 봐."

"구체적인 건 없어. 어떤 식으로든 양지에서 떳떳하게 존재할 수 있으면 돼. 그게 무림맹이든 어느 문파든 상관없어. 가능하겠어?"

봉황곡주의 물음에 서윤은 쉽게 그러겠노라 답하지 못했다. 그것은 자신 혼자 결정할 수 있는 문제가 아니기 때문이었다.

"그 조건, 지금 대답하기 어렵겠는데."

"당연한 것 아냐? 생각해 보라는 거야. 가능할지 불가능할지. 가능할 것 같다는 판단이 조금이라도 들면 되는 거야."

"생각해 보지."

서윤의 대답에 봉황곡주가 고개를 끄덕였다.

"좋아. 그럼 일단 난 수하들에게 명령 하달부터 하고 오겠어. 떠날 준비해."

"준비라고 할 게 뭐 있나. 가져간 삿갓이나 줘."

서윤의 말에 고개를 끄덕인 봉황곡주가 밀실을 벗어났다. 그리고 반 시진이 지나서야 다시 돌아왔다.

"오래 걸렸군."

"설득이라는 걸 해야 할 거 아냐. 그냥 명령만 내리면 다 되는 게 아니라고. 자, 여기."

봉황곡주가 서윤에게 삿갓을 건네자 그것을 받아들며 서윤이 물었다.

"이름이 뭐지?"

"이름은 왜?"

"그럼 밖에 나가서도 봉황곡주라고 부를까?"

"흠, 그럼 그냥 서시(西施)라고 불러."

"서시?"

서시는 전국시대 월나라의 미녀로 그녀가 강가에 서 있으면 물에 비친 모습에 붉고기들이 넋을 잃고 헤엄치는 것을 잊어 가라앉을 정도로 아름다웠다고 일컬어지는 여인이다.

"당연히 본명은 아니겠군."

"아니지. 한 번쯤 가져 보고 싶은 이름이었거든. 그리고 그 정도 미모는 되는 것 같지 않아?"

그렇게 말한 봉황곡주, 서시가 눈을 찡긋하며 웃어 보였다. 그에 서윤은 별다른 표정 변화를 보이지 않은 채 밀실을 나섰다.

밖은 서서히 동이 터 오고 있었다. 그에 서시가 옆에 서 있는 서윤에게 물었다.

"어디로 갈 거지? 무림맹? 대륙상단?"

"그전에, 날 찾아달라고 한 사람은 누구지?"

"관치원."

서시의 입에서 흘러나온 이름은 뜻밖이었다. 합산에서 관아에 잡혀갔을 때 만났던 관치원이 청부자라니.

"흠……."

"합산으로 갈 거야?"

"아니. 일단 북경으로 간다."

"북경? 황제가 산다는 그 북경?"

"그래, 그 북경."

"멀리도 가네. 그런데 의외네. 무림맹이나 대륙상단이 아니라니."

"아직은 내가 살아 있다는 걸 알리면 안 돼. 그러니 잔말 말고 따라와. 봉황곡주 정도 되는 사람이 경공에 취약하진 않겠지?"

"지금 나 무시하는 거야?"

"간다."

팟!

서윤이 서시의 말을 무시하고 땅을 박찼다. 순식간에 멀어진 서윤을 보며 서시도 서둘러 그 뒤를 쫓았다.

*   *   *

서윤은 북상하지 않고 강서성 쪽으로 방향을 잡았다.

호남성은 아무래도 무림맹의 영역이기에 아직까지는 정체를 숨겨야 하는 상황에서 움직임에 제약이 있을 수밖에 없었다.

때문에 상대적으로 시선이 덜한 강서성으로 넘어가 북경까지 일직선으로 북상할 생각이었다.

정오가 다 되어 강서성으로 넘어온 서윤과 서시는 가까운 현으로 가 요기를 하기로 했다.

가진 돈이 없다는 서윤을 끌고 객점에 도착한 두 사람은 구석진 곳에 자리를 잡고 앉았다.

"세상에, 돈도 없이 북경까지는 어떻게 갈 생각이었어?"

"뭐, 어떻게든 가면 갈 수 있겠지."

"멍청한 건지 아니면 세상 물정을 모르는 건지. 북경까지 가면서 쓰는 돈은 나중에 다 갚아."

"그러지."

짧게 대답한 서윤은 주변을 살폈다. 규모가 작은 현이라 그런지 사람이 별로 없었다.

잠시 후, 점소이가 도착하자마자 주문한 음식을 들고 다가왔다. 식탁에 음식을 내려놓는 점소이에게 서윤이 물었다.

"끼니때가 되었는데 사람이 별로 없구나."

"네. 이렇게 된 지 꽤 됐어요."

"무슨 일이 있었니?"

"지금 난리통이잖아요. 그러다 보니 오가는 사람들도 없고. 그나마 마을 사람들이 있으니 조금이라도 먹고 사는 거지 외지인은 거의 없다고 보시면 돼요."

"그렇구나. 혹시 다른 마을도 비슷하니?"

"저도 다른 마을 소식은 거의 듣지 못해서 잘은 모르지만… 아마 대도시를 제외하고는 비슷할 거예요."

"그렇구나. 고맙다."

서윤이 웃으며 말했다. 그에 점소이도 미소를 짓고는 가지 않고 그 자리에 가만히 서 있었다.

가지 않는 점소이를 보며 의아한 표정을 짓고 있을 때 작게 한숨을 쉰 서시가 품에서 동전 몇 개를 꺼내 점소이의 손에 쥐어 주었다.

"당과라도 하나 사 먹으려무나."

"고맙습니다!"

서시가 건넨 동전 몇 개에 점소이가 환하게 웃으며 물러갔다.

"세상 물정을 몰라도 너무 모르네. 어떻게 그럴 수가 있지?"

"혼자 다녀본 적이 없으니까. 원래 그래야 하는 건가?"

"원래 그래야 하는 건 아니지만… 그래도 원하는 걸 얻었으면 대가는 치러야지."

"사소한 것 하나까지도 다 돈이군."

"그걸 이제야 알았어? 어떻게 돈 한 푼 없이 북경까지 갈 생각을 했는지 이제 알겠네. 세상 물정을 몰라도 너무 몰라. 꼭 평생을 산속에 숨어 살다 나온 사람처럼."

서시의 말에 서윤이 피식 웃으며 대답했다.

"틀린 말도 아니지. 먹자고."

그렇게 말하며 서윤이 젓가락을 들었다. 그에 서시가 황당하다는 듯 중얼거렸다.

"내가 사는 거거든?"

*   *   *

요기를 한 두 사람은 식탁을 치운 채 대화를 나누고 있었다.

"그냥 이렇게 경공으로만 북경까지 갈 거야?"

"그럼. 다른 방법이 있나?"

"말도 있고 마차도 있고. 편히 갈 수 있는 방법은 많지."

"너무 느려."

"꼭 급하게 가야만 하는 일이야?"

"기한이 정해져 있는 일은 아니지만 빠르면 빠를수록 좋지."

"그럼 이왕이면 마차라도 구해서 타고 가자고."

서시의 제안에 서윤은 아무런 대답도 하지 않았다.

"왜? 뭐가 마음에 걸리는 건데?"

"마차를 타고 가면 얼마나 걸리지?"

"족히 두 달은 걸리겠지."

"그럼 안 돼. 너무 오래 걸려."

서윤이 단호하게 대답했다. 그러자 서시가 어이없다는 표정으로 말했다.

"여기서 북경까지 경공으로만 가는 게 말이 돼? 지나가는 사람을 붙잡고 물어봐. 백이면 백 전부 다 말이 안 된다고 하지."

"만약, 청부가 들어왔는데 거리가 먼 경우에는 어떻게 하지? 그곳까지 마차 타고 가나?"

"아니, 뭐 그런 건 아니지만……."

서윤의 물음에 서시가 말끝을 흐렸다.

"거 봐. 그냥 가. 한 달도 안 걸릴 거야."

"난 당신처럼 그렇게 빠른 속도로 오랜 시간 달리지 못한다고."

서시가 자신의 능력 부족을 이유로 들었다. 그러자 서윤이 작게 한숨을 쉬었다.

"봉황곡주도 별것 아니군."

"당신이 괴물 같은 거거든?"

서시가 입을 삐쭉 내밀며 대답했다. 그러고는 다시 표정을 풀고 애원했다.

"그럼 중간까지만! 산동성까지만이라도 마차 타고 가자."

"하……."

한숨을 쉰 서윤이 서시를 빤히 바라보았다. 그러자 서시는 최대한 불쌍한 표정을 지었다. 그에 서윤은 마지못해 고개를 끄덕였다.

"좋아. 마차는 이따가 구하기로 하고, 북경에는 왜 가는 거야? 누구 만나러?"

"허문이라는 사람을 아나?"

"허문? 북경에 사는 허문이라는 이름을 쓰는 자가 한둘은 아니겠지만… 가장 유명한 그 인물을 말하는 거라면 알지."

"그게 누구지?"

"정말 몰라? 허허. 어찌 그럴 수 있지?"

"모르니까 얘기해 봐."

"어의잖아."

"어의?"

"그래, 어의. 만나려는 사람이 누군지도 모르고 그냥 무작정 찾아가는 길이었단 말이야?"

서시가 어이없다는 표정으로 서윤을 바라보았다. 하지만 서윤은 그녀의 시선은 신경 쓰지 않고 생각에 잠겼다.

'마의가 찾아가라 한 사람이 어의였다니. 왜지? 물론 지난번에 종조부님을 치료하기 위해 한차례 다녀간 적은 있다지만…… . 종조부님의 치료를 위해서라면 어의가 아닌 다른 사람을 찾는 것이 맞는 것 아닌가?'

서윤은 마의가 어의를 찾아가라 한 이유를 도저히 알 수가 없었다.

어의가 누구인가.

황제의 건강을 책임지는 사람이다. 그런 그를 황제가 놓아

줄 리 있겠는가?

'가보면 알겠지. 어쨌든 한 가지는 분명해졌구나. 종조부님의 치료와 관련된 일이야. 그렇다는 건 한시가 급하다는 뜻이지.'

"무슨 생각을 그렇게 해."

서윤이 생각의 정리를 끝낼 때 즈음 서시가 물었다. 그에 서윤이 자리에서 일어나며 말했다.

"마차를 타고 가겠다는 건 취소다. 한시가 급한 일이야. 최대한 빨리 간다."

"뭐? 아니, 갑자기 왜!"

"이렇게 노닥거릴 시간 없어. 따라올 거면 따라오고 아니면 북경에서 만나지."

그렇게 말한 서윤이 객점을 나섰다. 그러고는 빠르게 사라졌다.

"하, 내 신세가 어쩌다가!"

서윤이 떠난 자리에서 잔뜩 인상을 찌푸린 채 짜증을 부리던 서시는 결국 신경질적으로 자리에서 일어났다.

그러고는 서둘러 서윤의 뒤를 따라 달리기 시작했다.

*　　　*　　　*

동은 진지한 표정으로 설백의 맥을 짚고 있었다.

처음부터 설백의 상태를 살핀 건 아니었지만 이야기를 들어보면 지금 이 정도의 회복세는 기적에 가까웠다.

하지만 거기까지였다.

비록 무인으로서의 생명은 끝났다고 하나 내외상은 완치 상태에 가까웠다.

그럼에도 어떤 이유 때문인지 설백은 깨어나지 못하고 있었다.

'모르겠구나, 모르겠어. 스승님이라도 이 자리에 계셨다면 무언가 알아내셨을 수도 있을 텐데.'

의술에 있어서는 동 역시 상당한 실력을 가지고 있다 하나 그의 스승에 비해서는 아직 부족한 점이 많았다.

그러다 보니 스승을 떠나온 이후 한 번도 생각하지 않았던 스승이 너무나 간절히 보고 싶었다.

'혹시 무슨 대법이 걸려 있는 건 아닐까?'

만약 그렇다면 더 이상 동이 할 수 있는 것은 없었다. 대법을 푸는 것은 무림의 영역.

물론 의학적으로 접근해도 해법을 찾을 수는 있겠으나 현재 동의 실력으로는 역부족이었다.

"이거 참."

동이 답답함을 담아 중얼거렸다. 그러고는 무언가를 결심한 듯 자리에서 일어나 설백의 처소를 나섰다.

설백의 처소를 나선 동이 찾은 곳은 설군우의 집무실이었다.

"아니, 자네가 웬일인가?"

설군우는 자신을 찾아온 동을 보며 물었다. 동이 이곳에
와 설백의 상태를 살핀 지 꽤 오래되었으나 한 번도 따로 자
신을 찾은 적은 없었던 것이다.

"드릴 말씀이 있습니다."

"해보게."

"과거 어의께서 다녀가셨다고 하셨지요?"

"그렇네."

"그분을 다시 모셔올 방도가 없겠습니까?"

동의 물음에 설군우가 걱정스러운 표정으로 물었다.

"아버지의 상태가 안 좋은 것인가?"

"아닙니다. 그런 것은 아니지만… 제가 생각하기에 검왕 어
르신에게 어떠한 대법이 걸려 있는 게 아닌가 싶습니다."

"대법? 대법이라니. 어떤 것 말인가?"

"그건 저도 잘 모르겠습니다. 검왕 어르신의 내외상은 모두
치료되었습니다. 무공을 사용하지 못할 뿐 건강한 일반인과
다를 바 없습니다. 그런데 깨어나시지 못한다는 건 정신적으
로 어떤 대법이 걸려 있기 때문이 아닐까 추측해 본 겁니다."

"흠……. 대법에 걸렸다면 어의께서 오셔도 어렵지 않겠는
가? 엄연히 영역이 다른데."

"사실 따지고 보면 의술과 무공은 중첩되는 부분이 굉장히

많습니다. 다만, 아직까지는 제 공부가 낮아 의학적으로 접근하기가 어려울 뿐이지요."

동의 설명에 설군우가 고개를 끄덕였다.

"그때 모셔온 것도 개방에서 힘을 써주었기 때문에 가능했네. 가능하다 불가능하다는 내가 할 수 있는 말이 아니란 말이지. 내 다시 호걸개 장로를 찾아가 보지."

"네."

동의 이야기에 설군우는 하던 일을 멈추고 곧장 자리에서 일어났다.

개방 섬서분타 호걸개는 언제부터인가 인상만 찌푸리고 다녔다. 엉뚱하면서도 호탕한 그의 성격과는 전혀 어울리지 않는 모습이었다.

"미쳐 버리겠군."

무엇 때문인지 답답함을 토로하고 있을 때 그를 찾아온 손님이 있었다.

"잘 있었는가, 호 장로."

"묵 장로님."

호걸개가 자리에서 일어섰다. 아무 기별도 없이 찾아온 이는 개방의 묵걸개(默乞丐)였다. 묵걸개라는 별호만큼이나 평소 말이 없고 두문불출하는 때가 잦은 그였기에 이렇게 찾아오자 호걸개는 적잖이 놀랐다.

"아무런 연락도 없이 어쩐 일이십니까? 이쪽으로 앉으시지요."

호걸개가 자신이 앉아 있던 상석을 묵걸개에게 양보하고 그 맞은편에 앉았다.

"오랜만에 마음이 동해 바깥출입을 좀 하려는데 갈 곳이 있어야지. 때마침 생각난 사람이 호 장로 아니겠소? 그래서 이리 찾아 왔다네."

묵 장로의 말에 호걸개가 미소를 지었다.

"그래, 요즘 생활하는 건 어떤가? 요즘 같은 시기에 안부를 묻는 것도 우습지만."

"그냥 그렇습니다."

호걸개의 짧은 대답에 묵걸개가 그를 빤히 바라보았다. 마치 자신의 생각을 읽는 듯한 그의 시선이 호걸개는 괜히 주변을 두리번거렸다.

"답답해 보이는구만. 하긴, 이상한 점이 한둘이 아닐 테니 당연하겠지."

묵걸개의 말에 호걸개가 움찔했다. 하지만 표정에는 큰 변화가 없었다. 그러자 묵걸개가 말을 이었다.

"의심은 가는데 캐낼 방도는 없고. 자네 성격에 고생 좀 하겠어."

"한참 동안 두문불출하시더니 그사이 독심술이라도 익히신 겁니까?"

호걸개의 물음에 묵걸개가 사람 좋은 웃음을 터뜨리더니 말했다.

"독심술은 무슨. 이보게, 호 장로."

"예."

"한 발 떨어져서 보면 흐름이라는 게 보이는 법이라네. 무언가를 감추고 거짓을 말하면 아무리 자연스러워도 그 흐름이 어긋나 버리지. 시작점은 거기야."

묵걸개의 말에 호걸개가 잠시 동안 그를 바라보았다.

아무것도 읽을 수 없는 눈빛. 결국 작게 한숨을 쉰 호걸개가 입을 열었다.

"묵 장로님은 못 속이겠습니다."

"허허. 감추는 게 있었던 겐가? 몰랐구만."

묵걸개가 짐짓 모르는 척을 했다. 그에 호걸개가 진지하게 말을 이었다.

"의심 가는 것이 한둘이 아닙니다. 제가 예민한 것인지 모르겠지만 그러다 보니 아무도 믿지 못하겠습니다."

"아무도 믿지 못하겠다면서. 내게 그런 이야기를 하는 이유는 또 뭔가?"

"이미 다 알고 계시니 숨긴다고 해서 될 것도 아니지요."

"허허, 이 사람. 독심술은 내가 아니라 자네가 익혔구만그래."

묵걸개의 말에 호걸개가 씁쓸한 미소를 지었다.

"자네가 지부에 나와 있는 건 아주 잘한 일이야. 참으로 다행이지. 이보게, 호 장로."

"예."

"당금 무림이 이 지경에 처한 이유가 뭐라고 생각하는가?"

"그야 적들이 은밀하고 치밀하게 준비를 한 까닭이 아니겠습니까?"

호걸개의 대답에 묵걸개가 고개를 저었다.

"아니, 그런 이유 말고. 아까 내가 한 말에 붙여보자면 자네가 댄 이유는 자연스러운 흐름 중 하나일세. 당금 무림이 이렇게 된 이유는 부자연스러운 흐름 때문이지. 그 부자연스러운 흐름이 무엇이겠는가."

"잘 모르겠습니다."

"아니, 자네는 알고 있어. 답답해하는 것도 그것 때문이지. 왜? 어째서? 이런 생각이 끊임없이 들기 때문 아닌가?"

"맞습니다."

"자네가 생각하기에 이렇게 됐어야 할 일이 저렇게 흘러가고 있고 저렇게 됐어야 할 일이 이렇게 흘러가고 있어. 내 말이 틀렸는가?"

"맞습니다."

묵걸개와 대화를 하면서 호걸개는 소스라치게 놀라고 있었다. 이렇게 꿰뚫어 보고 있는 사람이 몇 년 동안 두문불출한 사람이 맞나 싶을 정도였다.

"흐름이 이렇게 된 데에는 '모르는 것' 때문일세. 알면 이렇게 안 됐겠지. 무언가를 알아내려고 하면 할수록 잘못된 것만 알게 되거나 아무것도 모르게 되어버리네. 지금까지도 그렇고 앞으로도 그럴 게야."

"방법이 없겠습니까?"

"방법은 자네가 찾아야지. 난 그저 뒷방 늙은이에 불과하네. 총타 안에서 내 자리는 지금 깔고 앉은 방석 하나 정도에 불과해."

호걸개는 그 말을 곧이곧대로 듣지 않았다. 그런 사람이 이처럼 많은 것을 알고 있을 리가 없었다.

"솔직히 말씀드리면 방금 하신 묵 장로님의 말씀을 곧이곧대로 믿기 어렵습니다."

"허허. 믿기 어려워도 어쩌겠나. 믿어야 할 일이네. 그나마 내가 이 정도까지 자네에게 말해줄 수 있는 것도 방주가 날 경계하지 않았기 때문이네. 내가 무얼 하든 나의 행적은 방주의 안중에 없거든. 하지만 이제 달라지겠지."

묵 장로의 말에 호걸개는 강한 충격을 받았다.

'방주님을 의심하고 있다, 아니, 의심이 아니라 확신이다.'

그러는 사이 묵걸개의 말이 이어졌다.

"내부에서 무언가를 하기 어려우면 외부로 눈을 돌리게. 안보다는 밖이 덜 답답할 때도 있는 법이지."

'개방 안은 이미 손 쓸 수 없는 지경인건가? 외부. 어디서부

터 시작해야 한단 말인가?'

호걸개는 머리가 아파왔다. 감이 오질 않았기 때문이다.

"호 장로, 자네는 뛰어난 사람일세. 이제 개방의 명운은 자네와 같은 젊은이들의 손에 달렸네. 아니, 개방뿐만 아니라 무림의 운명이 그렇지. 자네가 힘을 내야만 하네."

"감당할 수 있을지 모르겠습니다."

"감당할 수 없다면 무너지는 것이고 감당해 낸다면 영웅이 되겠지. 난 이만 가네. 너무 오래 나와 있었어. 앞으로는 보기 어렵겠구만."

그렇게 말한 묵걸개가 자리에서 일어났다. 그에 호걸개는 그를 이대로 보내도 되는 것인지 갈피를 잡지 못했다.

그때, 묵걸개의 전음이 호걸개의 귀를 파고들었다.

[내가 떠나고 내일 축시가 되거든 은밀하게 나와 뒷산 쪽으로 가보게.]

[그곳에 무엇이 있습니까?]

[가보면 알게야. 자네에게 큰 도움이 될 걸세. 내가 마지막으로 해줄 수 있는 건 이것이 전부라네.]

그 전음을 마지막으로 묵걸개가 섬서분타를 나섰다. 그가 떠난 방 안에서 호걸개는 한참을 서 있다가 밖을 향해 외쳤다.

"지금부터 난 출타한 것이다! 모두에게 전하고 절대 안에 있다고 말하지 마라!"

　　　　　　*　　　*　　　*

　설군우가 개방 섬서 지부를 찾은 것은 묵걸개가 떠나고 반 시진 정도 지난 때였다.

　"출타하셨단 말입니까?"

　설군우는 호걸개가 출타하고 자리에 없다는 개방 제자의 말에 난감한 표정을 지었다.

　동의 말대로라면 어의를 모셔 와야 설백을 깨어나게 할 수 있는 실마리를 찾을 수 있었다.

　어의와 접촉할 수 있는 유일한 통로라 할 수 있는 호걸개를 만나지 못하니 난감하고 초조했다.

　"언제 돌아오신다는 말씀도 없으셨습니까?"

　"네. 아무 말씀 없이 출타하셨습니다."

　"그렇군요. 알겠습니다. 혹시라도 돌아오시면 대륙상단으로 기별을 넣어줄 수 있겠습니까?"

　"그건 우선 분타주님께서 돌아오시고 말씀을 들어봐야 알 듯합니다."

　"후, 어쩔 수 없지요. 알겠습니다. 그럼."

　섬서분타를 찾은 설군우는 아무런 소득 없이 돌아갈 수밖에 없었다.

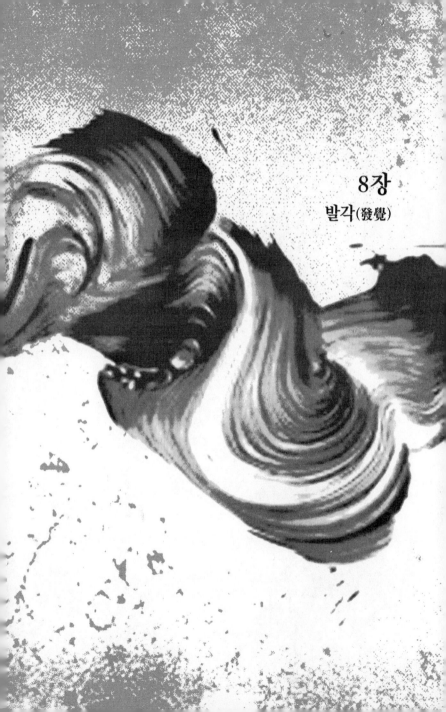

8장
발각(發覺)

風神徐閏

풍신서윤

　서시가 서윤을 따라잡은 것은 나흘이 지나서였다.

　이쯤 되면 따라 붙었어야 한다는 생각을 한 것이 한두 번
이 아니었다. 그럼에도 서윤의 흔적은 찾을 수가 없었다.

　아무리 서윤의 무공이 뛰어나다 하나 명색이 중원에서 알
아주는 살수 집단인 봉황곡의 곡주 입장에서 자존심 상하는
일이었다.

　결국 서시는 더욱 이를 악물고 서윤의 뒤를 쫓았고 나흘째
되는 날 밤, 강서성(江西省)의 성도인 남창(南昌)의 한 객점에서
서윤과 마주앉을 수 있었다.

　"이러기야?"

서윤의 맞은편에 앉은 서시가 불만 가득한 표정으로 물었다. 나흘간 제대로 쉬지도 못하고 달린 탓에 상당히 피곤해 보였다.

"먹어, 방금 막 시켜서 따뜻해."

마치 오늘 이 시간에 이 자리에서 만날 줄 알았다는 듯 서윤은 미리 음식까지 준비해 놓고 있었다.

"하, 도대체 뭐가 뭔지 제대로 알려주고 가야 될 거 아냐? 동행이라며? 내가 당신 수하야 뭐야?"

"인질이라니까."

"허!"

그 말에 서시가 기가 차다는 듯 헛바람을 들이켤 때 서윤이 그녀에게 젓가락을 들이밀었다.

"오느라 고생했어. 배고플 거 아냐, 일단 요기부터 해."

"아냐, 일단 씻고 싶어. 방 잡아 놨지?"

"아니."

서윤의 대답에 서시는 '이놈은 도대체 뭐지?' 하는 표정으로 그를 쳐다보았다.

"방값은 선불이라고 하더라고. 그래서 못 잡았지."

"후……."

서시가 깊은 한숨을 내쉬고는 자리에서 일어나 계산대로 향했다. 그리고는 무언가를 이야기하더니 난감한 표정을 지으며 다시 돌아왔다.

"방이 하나밖에 없다는데?"

"진짜야? 있는데 없다고 하는 건 아니겠지?"

서윤의 반문에 서시가 어이없다는 표정으로 대답했다.

"내가? 허! 그런 생각은 눈곱만큼도 없거든? 못 믿겠으면 가서 물어봐."

"됐어. 어쩔 수 없지. 그냥 하나만 잡아."

"뭐? 아, 아무리 그래도 그렇지……."

하나만 잡으라는 서윤의 말에 서시가 당황한 듯 말을 더듬었다.

"난 알아서 할 테니까 그 방에 들어가서 쉬어. 내일 아침 진시 초에 여기서 보지."

"어떻게 하려고?"

서시의 물음에 서윤이 젓가락을 내려놓고 자리에서 일어났다. 그러고는 벗어 놓은 삿갓을 집어 들었다.

"노숙은 익숙해."

짧게 대답한 서윤이 아무렇지도 않게 객점을 나섰다.

"도대체 뭐야, 그놈."

서시가 따뜻한 물에 몸을 담근 채 중얼거렸다. 아무리 생각해도 서윤은 알 수가 없었다.

원래 성격이 그랬는지 아니면 무슨 이유 때문에 성격이 변한 건지 알 수 없었다.

나흘 전 객점에서 점소이에게 하는 말투나 표정을 보면 원래부터 성격이 그랬던 건 아닌 듯하다가도 자신에게 하는 걸 보면 원래 성격이 그런 것 같기도 했다.

"아니면 나한테만 그러나?"

그렇게 중얼거린 서시가 고개를 저었다.

"원래가 그런 놈이겠지. 쳇! 봉황곡주 인생 제대로 꼬였네."

그렇게 말한 서시가 물에 머리끝까지 푹 담갔다. 물 위로 공기 방울 몇 개가 올라오고 있었다.

　다음 날 진시 초.

　이른 시간이었지만 제법 일과를 시작한 사람이 많았다. 객점 일 층의 식당에는 생각보다 많은 사람이 식사를 하고 있었다.

　나흘간 쌓인 피로 덕분에 푹 잔 서시는 아직 잠이 덜 깬 눈을 한 채 식당으로 내려왔다.

　그러고는 음식을 기다리는 서윤을 발견했다.

　서윤은 창가 쪽에 있는 식탁에 앉은 채 물끄러미 밖을 바라보고 있었다.

　표정은 전날 봤을 때와 크게 다르지 않았으나 어딘지 모르게 느낌이 달랐다.

　'뭐야. 괜히 분위기 잡고 있네.'

　속으로 그렇게 중얼거린 그녀가 서윤에게 다가갔다. 서윤은 서시가 맞은편에 앉을 때까지도 창밖에 시선을 고정하고 있었다.

"어디서 잤어?"

"이슬은 피할 수 있는 곳에서."

"잘 잤냐고 물어보지도 못 하겠네."

서윤의 대답에 서시가 입을 삐쭉 내밀며 말했다. 그러자 서윤이 시선을 그녀에게 돌리며 물었다.

"잘 잤나?"

"뭐, 나흘 동안 개고생하며 쌓인 피로를 생각하면 잠이 부족하긴 하지만 나름 잘 잤지."

그녀의 대답을 끝으로 두 사람 사이에는 잠시 정적이 흘렀다. 그리고 그것을 깬 건 역시나 서시였다.

"원래 성격이 그래?"

"뭐가?"

"무뚝뚝하고, 표정의 변화도 없고."

"그렇다고 해둬. 크게 상관없잖아."

서윤이 그렇게 대답하자 서시는 말문이 막혔다. 그리고 또 잠시 입을 다물고 있다가 물었다.

"그런데 나이가 어떻게 돼?"

"그건 왜."

"아무리 생각해도 나보다는 훨씬 어린 것 같은데 자꾸 반말을 들으니 좀 그래서."

봉황곡주가 젊어 보이기는 했으나 실상 서른을 넘긴 나이였다. 전대 봉황곡주가 죽고 비교적 젊은 나이에 봉황곡을 맡아 이끌어 오고 있던 그녀였다.

서시의 말에 서윤이 어이없다는 듯 말했다.

"난 당신에게 칼 맞은 사람이야. 붙잡혀 있던 사람이라고. 그런데 이제 와서 존대를 써주길 바라나?"

"뭐, 그것도 그러네. 그래도 한배를 탔으면 어느 정도 호칭 정리는 해둬야 하지 않겠어?"

"이름 알잖아? 그럼 됐지. 누이라고 불러주길 바라나?"

"누이? 으… 아니야. 그냥 지금이 낫겠네. 낯간지러워."

서시가 고개를 절레절레 흔들며 말했다. 그리고 때마침 서윤이 주문해 놓은 아침 식사가 나왔다.

"아침부터 소면이야? 아침에 면 먹으면 하루 종일 속이 더 부룩한데."

"제일 빨리 되는 거로 달라고 한 거야. 그럼 일찍 일어나던가."

"쳇."

서시는 불평을 하면서도 이내 젓가락을 들고 면을 먹었다. 한참을 먹다가 서시가 말했다.

"가는 길에 들를 곳이 있어."

그녀의 말에 서윤이 인상을 찌푸렸다.

"그렇게 인상 찌푸리지 마. 안가(安家)에 들러 챙길 것이 있어서 그러니까."

"안가? 가서 뭘 챙겨야 하는데."

"돈도 좀 챙기고 갈아입을 옷도 좀 챙기고."

"꼭 챙겨야 하나?"

"내가 무슨 수십 만 냥씩 들고 다니는 줄 알아? 그리고 지금 이 옷을 며칠째 입고 있는 줄 알아? 찝찝하다고."

그녀의 말에 서윤이 한숨을 내쉬었다. 그러고는 알았다는 듯 물었다.

"여기서 먼가?"

"아니. 그렇게 멀진 않아. 반나절이면 충분할걸? 물론 당신 속도라면 반나절도 안 걸리겠지만."

그녀의 말에 서윤이 고개를 끄덕였다.

서윤이 동의하자 왠지 모르게 기분이 좋아진 서시가 이내 밝은 표정으로 식사를 마쳤다.

아침 식사를 마치고 객점에서 나온 두 사람은 곧장 포양호(我陽湖) 부근으로 향했다.

안가를 찾아가는 것이기에 서시가 앞장서고 서윤이 그 뒤를 따랐다.

포양호는 워낙 유람을 위해 찾는 사람이 많은 곳인 만큼 사람들로 북적였다. 혼란스러운 시기라고는 하나 유람을 다니며 태평하게 지내는 사람들은 전혀 그런 것에 신경 쓰지 않는 모양이었다.

많은 사람으로 북적이는 것을 보며 서윤은 '이런 곳에 안가가 있을까?' 하는 생각을 했다.

하지만 서시는 전혀 개의치 않고 발걸음을 옮겼다.

포양호 주변의 큰 상가를 걸어가던 서시가 어느 순간 골목으로 빠지더니 이내 인적이 드문 곳으로 서윤을 데리고 갔다.

"잠깐."

서시의 뒤를 따르던 서윤이 서시를 불러 세웠다.

"왜?"

"그 안가. 내가 들어가도 되는 곳인가? 어쨌든 안가라면 살수들이 다른 이들 모르게 만들어 놓은 곳일 텐데."

"그렇긴 하지만 괜찮아. 안가는 한 곳에만 있는 게 아니니까. 이곳 한 곳 정도 당신에게 보여준다고 해서 문제될 건 없어. 물론 나중에 가서 이곳을 폐쇄할지도 모르지만."

서시의 대답에 서윤이 고개를 끄덕였다. 봉황곡의 곡주가 괜찮다는데 누가 뭐라 하겠는가.

"가지."

서윤의 말에 서시가 다시 앞장섰다. 그러고는 조용한 건물들 중 한 곳으로 들어갔다.

"여긴가?"

"아니. 여기는 안가가 아니야. 안가로 들어가는 입구일 뿐이지. 좀 도와줘."

그녀의 말에 서윤은 서시와 함께 안쪽에 있는 침상을 들어 올렸다. 그러자 그 밑에서 어디론가 향하는 통로 하나가 나타 났다.

"여기로."

서시가 통로를 가리키며 말하고는 먼저 들어갔다. 그에 서 윤도 통로로 몸을 넣으며 받치고 있던 침상을 다시 원래대로 내려놓았다.

"좀 어두워. 발밑 조심해."

그렇게 말하면서도 서시는 아무렇지도 않게 걸어갔다. 서윤 역시 어둠 속에서도 어느 정도 앞을 분간할 수 있는 정도는 되기에 큰 불편함은 없었다.

그리고 얼마 가지 않아 밝은 빛이 보이기 시작했다.

"여기야."

서윤은 눈앞에 펼쳐진 광경을 보고 믿을 수 없다는 표정을 지었다. 기껏해야 작은 토굴 정도를 생각했는데 전혀 아니었 다.

눈앞에는 제법 넓은 공터가 있었고 그곳에는 초가 하나가 있었다. 위가 돌로 막혀 있는 것을 제외하면 그냥 일반 민가 와 다를 것이 하나도 없었다.

"놀랐어?"

"솔직히 놀랍군."

"여기가 독특한 거야. 다른 곳은 안 그래."

미소를 지으며 말한 서시가 초가로 향했다. 서윤은 그녀의 뒤를 따르면서도 연신 주변을 두리번거리기 바빴다.

"들어가서 옷 좀 갈아입고 나올 테니까 기다려. 훔쳐보지 말고."

"그런 짓은 안 하니까 걱정 마."

서윤의 말에 서시가 짓궂은 표정으로 말했다.

"당신도 남자잖아. 남자들은 다 늑대라던데."

"자꾸 헛소리하면 나가서 여기에 안가가 있다고 다 불어버릴지도 몰라."

서윤이 살짝 짜증을 내며 말하자 서시가 작게 소리 내어 웃고는 이내 초가 안으로 들어갔다.

'세상이 넓긴 넓구나. 이런 곳이 있을 줄이야.'

서윤은 진심으로 감탄하고 있었다. 이런 곳을 만들기 위해 얼마나 많은 노력이 들어갔겠는가.

땅을 파고 돌을 쌓은 뒤 다시 흙을 다져 거기에 집을 짓는다. 상상해 본 적 없는 광경이 눈앞에 펼쳐지고 있으니 신기하고 놀라울 수밖에 없었다.

잠시 후, 서시가 옷을 갈아입고 나왔다.

그녀의 모습을 본 서윤은 인상을 찌푸렸다. 활동하기 편한 무복 차림이 아닌 궁장 차림이었던 것이다.

"그렇게 입고 빨리 달릴 수 있겠나?"

"자꾸 날 무시하는 경향이 있는데, 전혀 문제될 것 없으니까 걱정 마. 그리고 무복 차림으로 돌아다니는 것보다는 이런 옷차림이 눈에 덜 띄어. 화려한 것도 아니고."

그녀의 대답에 서윤은 입을 다물었다. 그녀의 말에 수긍해서가 아니라 계속 말해봤자 입만 아플 것 같았기 때문이었다.

"들어가서 옷 갈아입어. 대충 눈대중으로 맞을 것 같은 옷으로 골라서 꺼내놨으니까."

"난 괜찮아."

"내가 안 괜찮거든? 그리고 그거 알아?"

"뭘?"

서윤의 말에 서시가 그에게 다가가더니 작은 목소리로 말했다.

"너, 냄새나."

결국 서윤은 들어가서 옷을 갈아입을 수밖에 없었다.

*　　　　*　　　　*

황궁에서 나온 허문은 가마를 타고 자택으로 향했다. 시종일관 무표정한 얼굴 때문에 무슨 생각을 하는지 읽어낼 수가 없었다.

자택에 도착한 허문은 자신의 집무실 책상에 놓여 있는 서찰 하나를 발견하고는 천천히 펼쳐 보았다.

서찰을 읽는 그의 눈동자가 심하게 흔들렸다.

개방의 호걸개입니다.

지난번 요청을 들어주셔서 정말 감사합니다. 만나 뵙고 직접 인사를 드려야 하는 것이 옳은 일이나 때가 때인 만큼 워낙 급박하고 중요한 일들이 많아 그러지 못했습니다.

오늘 또 이렇게 서찰을 보내는 이유는 지난번과 같은 이유입니다. 대륙상단의 상단주께서 어의를 다시 한 번 뵐 수 있겠느냐는 청을 해왔더군요.

들리는 소문에 의하면 검왕 선배님께서 의식을 찾지 못하는 이유를 알 수가 없다고 합니다. 무슨 대법 같은 것이 걸려 있는 게 아닐까 하는 이야기도 나오는 것 같더군요.

의선을 찾는 일을 계속하고는 있지만 사실상 불가능한 일이라 판단하고 있습니다.

지난번에는 황제 폐하께서 저희 방주님과의 약조로 어의를 잠시 보내주셨던 것이기에 이번에는 어려울 줄 알면서도 이렇게 서찰로 부탁드립니다.

중원 무림이 혼탁하다는 것은 나라 전체가 위험하다는 뜻입니다. 적들은 무림인뿐만 아니라 일반인들까지도 핍박하고 있습니다.

저들이 세력을 키우고 중원 무림을 장악한다면 이 또한 나라에 커다란 우환이 될 것입니다.

그러니 도의적으로 생각하셔서 다시 한 번 도움을 주셨으면 합니다.

　서찰을 모두 읽은 허문은 촛불에 서찰을 태워 버렸다. 그러
고는 의자에 앉아 손으로 이마를 만지며 고뇌에 빠졌다.

＊　　　＊　　　＊

　[장로님, 전달했습니다. 계속 감시할까요?]
　[보고 있다가 나오거든 은밀하게 호위하도록, 눈에 띄지 않
게. 특히 거지들의 눈은 무조건 피해야 한다.]
　[알겠습니다.]
　전음을 끊은 호걸개는 작게 한숨을 쉬었다. 같은 방파에 몸
담은 자들을 의심하고 그들의 눈을 속여야 하는 현실이 너무
나 안타까웠기 때문이었다.
　"그럼 다음 일을 진행해야겠군."
　그렇게 중얼거린 호걸개가 섬서분타를 나섰다.

＊　　　＊　　　＊

　서시와 서윤의 북상 속도는 상상을 초월했다.
　장강을 건널 때를 제외하고는 속도를 줄이지 않았다. 서윤
이야 그렇다 치지만 서시 역시 크게 뒤처지지 않았는데, 투덜

거리면서도 봉황곡주다운 실력을 발휘하고 있었다.

신경 안 쓰는 듯하면서도 서윤은 나름대로 서시를 배려하고 있었다.

지쳐 쓰러질 정도로 무리는 하지 않았으며 쉴 때에는 제대로 쉴 수 있도록 신경을 써주었다.

그렇게 속도를 올려 팔공산(八公山) 부근에 다다랐을 때, 예상치 못한 일이 벌어졌다.

팔공산이 가까워지자 서윤이 돌연 속도를 늦추었다.

마을에 들러 쉰 것이 하루 전인지라 속도를 늦추는 서윤에게 의아해하며 물었다.

"왜? 무슨 일이야?"

"안 느껴져?"

"뭐가?"

알 수 없는 서윤의 말에 서시가 되물었다. 도대체 무엇이 느껴진다는 뜻인지. 하지만 서윤은 심각한 표정으로 팔공산 쪽을 바라보고 있었다.

"왜, 뭔데."

"저기서 살기가 느껴져."

"살기?"

서윤의 말에 놀란 서시도 그제야 팔공산 쪽에 신경을 집중했다.

서윤처럼 뭔가 또렷하게 느낄 수는 없었지만 미약하게나마 살기 같은 것을 느낄 수는 있었다.

"희한하네. 산에서 저렇게 살기가 뿜어져 나오는 건 처음 보는데?"

"혹시 폭렬단에서 알아차렸을 가능성은?"

"알아차리기야 했겠지. 그래도 우리의 행보를 파악하기는 어려울 텐데? 만약 저기에 폭렬단이 있다면 이미 우리의 경로를 읽혔다는 뜻이잖아. 그리고 그렇다 한들 저렇게 대놓고 살기를 뿌리고 있겠어?"

서시의 말도 일리가 있었다.

"돌아서 간다. 저쪽은 가까이 하지 않는 게 좋겠어."

서윤의 말에 서시가 고개를 끄덕이며 입을 열었다.

"혹시 저들이 남궁세가를 노린다거나 다른 꿍꿍이가 있는 건 아니겠지?"

서시의 말에 발걸음을 떼려던 서윤이 다시 멈춰 섰다. 만약 서시의 말처럼 저들이 남궁세가를 노리는 자들이라면? 하지만 이내 고개를 저었다.

"아냐. 그랬다면 오히려 장강 이남 쪽에 자리를 잡았겠지. 여기서 남궁세가까지는 너무 멀어."

"그럼 우린가? 그럴 리가 없는데."

서시의 말에 서윤은 그럴 가능성이 훨씬 높다는 생각을 했다. 자신들을 노리는 것이라면 이렇게 대놓고 살기를 뿌리기보다는 은밀하게 숨어 있는 게 훨씬 나았다.

'뭘까. 함정 같은 건가?'

함정이라 해도 말이 안 되는 일이었다. 오히려 은밀하게 숨어 자신들을 유인한 뒤 위험에 빠뜨려야 함정이라 할 수 있을 텐데 그런 것도 아니었다.

"어쨌든 우리는 돌아서 가지. 탕산(湯山)까지 우회할 수 있는 길은 알아?"

"알긴 아는데 정확하지 않아. 나도 와본 지 너무 오래됐거든."

그렇게 말하며 서시가 직전 마을에서 구한 지도를 펼쳤다. 하지만 이내 고개를 저었다.

"이 지도는 너무 범위가 좁아. 길이 다 나와 있지 않아. 가다가 새로운 지도를 구하거나 길을 물어야 될 거 같아."

"어쩔 수 없지. 일단 저기는 피해 가는 게 좋겠어."

그렇게 말한 서윤이 서시를 앞장세웠다. 예전 같았으면 팔공산에 가까이 가 살기의 정체를 확인해 보려 했겠지만 지금은 그럴 수가 없었다.

자신이 살아 있다는 사실을 적들에게도 알려서는 안 되기 때문이었다.

"이쪽이야. 가자."

그렇게 말하며 서시가 먼저 경공을 펼쳤다. 그에 서윤은 잠시 팔공산을 바라보더니 이내 그녀의 뒤를 쫓아 경공을 펼쳤다.

서윤과 서시는 두 개의 현을 그냥 지나쳤다.

날이 어두워지기 전에는 잠시 쉴 때를 제외하고는 마을에 들어서지 않았다.

술시 초가 되고 날이 완전히 어두워지자 두 사람은 가까운 마을에 들어섰다.

이십 여 가구가 모여 사는 평범한 농촌 마을이었다.

"오늘은 여기서 하루 머물러야겠어. 지도도 구해보고. 이런 마을에서 지도를 구할 수 있을지 모르겠네."

서시의 말에 서윤도 반대하지 않고 고개를 끄덕였다.

두 사람은 마을을 돌아다녔다. 날이 어두워진 탓에 골목을 돌아다니는 사람들은 없었고 대신 집집마다 저녁 식사 준비를 하는지 맛있는 냄새가 흘러나왔다.

이런 마을에서는 객점 같은 것을 찾기가 어려운 탓에 두 사람은 민가들 중 한 곳에 들어가 하룻밤 신세를 지기로 했다.

"계십니까?"

서윤이 마을에서도 가장 외곽에 있는 집 앞에서 외쳤다. 그러자 문이 열리고 중년인 한 명이 모습을 드러냈다.

"누구시오?"

"길을 떠나는 여행객입니다. 시간이 지체되는 바람에 객점이 있는 현까지 못 가고 이 마을에 오게 되었습니다. 그래서 하룻밤 신세를 질 수 있을까 하여……."

서윤의 말에 중년인이 서윤과 서시를 힐끗 쳐다보고는 심드

렁하게 말했다.

"들어오슈."

"감사합니다."

서윤이 밝게 대답하며 중년인을 따라 집 안으로 들어갔다.

집은 아늑했다. 따뜻한 열기가 올라오는 방에 앉으니 저절
로 마음이 편해지는 듯했다.

그 때문인지 서시는 연신 미소를 짓고 있었다.

"식사들은 하셨나?"

"아직……."

"허허. 젊은 사람들이 어찌 밥도 굶고 다니시오? 잠시만 기
다리시오. 내 간단히 한 상 차려올 테니."

그렇게 말한 중년인이 주방으로 향했다. 방 안에 둘만 남게
되자 왠지 모르게 어색한 분위기가 감돌았다.

"저분 혼자 지내시는 걸까?"

"모르지. 무슨 사연이 있는지도. 그나저나 북경까지는 얼마
나 걸리겠어?"

서윤의 물음에 서시가 곰곰이 생각하더니 입을 열었다.

"산동성도 지나야 하고… 하북성에 들어가서도 북경까지는
보름 정도 걸리는 거리야. 물론 지금 속도로 가면 한 달 정도
로 줄일 수 있겠지."

"너무 늦는데."

서윤의 말에 서시가 어이없다는 표정으로 말했다.

"이봐, 지금까지도 굉장히 빨리 온 거거든? 호남성에서 출발해서 지금 여기까지 한 달이 채 안 걸렸어. 호남성은 차치하더라도 강서성을 출발해서 안휘성 끝자락까지 오는데 한 달이라고. 남들이 들으면 경악할걸?"

서시의 말처럼 두 사람의 북상 속도는 상당히 빨랐다. 식사를 할 때와 잠을 잘 때를 제외하고는 대부분 달리는데 시간을 투자한 덕분이었다.

상당히 빠른 속도로 주파하고 있음에도 서윤은 속도가 느리다고 하고 있었다.

그런 대화를 나누는 사이 중년인이 저녁상을 들고 들어왔다. 그러자 서시가 얼른 상을 받아 들었다.

"식사를 마친 터라 남은 밥하고 반찬이 별로 없소."

"괜찮습니다. 요기만 할 수 있으면 되지요."

서윤이 웃으며 말했다. 서윤의 부드러운 말투에 서시가 의외라는 듯 그를 힐끗거렸다.

서시와 서윤이 식사를 시작하자 중년인은 방 한쪽에서 무언가를 하기 시작했다. 새끼줄을 꼬는 듯했는데 손놀림이 능숙한 것이 하루 이틀 해본 솜씨가 아닌 듯했다.

"두 사람은 어디까지 가시오?"

"북경까지 갑니다."

"북경이라… 멀리까지 가시는구만. 보아하니 연인 사이나 부부 사이 같은데 뭐 하려고 그 먼 데까지."

새끼줄을 꼬는 중년인의 입에서 부부 사이 같다는 말이 나오자 서윤은 얼굴을 굳혔고 서시는 미소를 지었다.

"오랜만에 여행이나 좀 하려고요."

"허허. 여행도 가까운 데로 가면 그만이지. 북경이면 너무 먼데."

"한 번도 안 가봐서 제가 가자고 졸랐거든요."

"공처가로구만?"

"네, 잘 해줘요."

서시가 능청스럽게 중년인의 말을 받았다. 짧은 대화를 나누고 서윤과 서시는 식사를 계속했다.

그러더니 어느 순간 두 사람이 동시에 수저를 놓았다.

[왼쪽 벽. 내가 신호하면 그쪽 창문을 뚫고 나가.]

서시의 전음에 서윤은 작게 고개를 끄덕였다.

"그런데 혼자 지내시는 모양이네요?"

서시가 중년인에게 물었다. 그러자 중년인이 새끼줄을 꼬던 것을 멈추고는 무겁게 입을 열었다.

"부인하고 아이들은 잠시 어디에 갔다오."

"그렇군요. 식사 잘 했어요. 아무래도 오늘 여기서 신세를 지는 건 어려울 것 같네요."

서시의 말에 중년인이 두 사람을 바라보았다.

표정에는 큰 변화가 없었으나 중년인의 눈동자는 심하게 흔들리고 있었다.

"왜 그러는가? 밤도 늦었는데 자고 가지."

"아니에요, 그럼."

[지금.]

서시가 인사를 함과 동시에 서윤에게 전음을 보냈고, 서윤은 곧장 미리 얘기한 왼쪽 벽에 있는 창문을 뚫고 나갔다.

서윤과 서시가 좁은 창문을 뚫고 나가자 여러 개의 검이 두 사람을 노리고 날아들었다.

쐐에에엑!

창문을 뚫고 나와 바닥을 한 바퀴 구른 서윤은 자신을 노리고 날아드는 검을 연이어 쳐냈다.

서시 역시 밖으로 나옴과 동시에 어둠 속에 녹아들었다.

명색이 살수 집단인 봉황곡의 곡주.

어둠은 그녀에게 가장 익숙한 공간이자 가장 위력적인 무기였다.

예리한 살기가 서윤에게 폭사되었다.

하지만 서윤은 그에 아랑곳 하지 않고 쾌풍보를 펼치며 적들을 향해 주먹을 뻗었다.

퍼퍽!

서윤의 공격에 적들이 비틀거렸다.

민가가 있는 탓에 진기를 많이 싣지 못하다 보니 적들에게도 큰 타격을 입힐 수가 없었다.

[견제만 해줘. 내가 처리할게.]

서시의 전음이 날아들었다. 고개를 끄덕인 서윤이 적들 사이를 헤집었다.

열 명 정도 되어 보이는 적들 사이를 종횡무진 돌아다니는 서윤은 그들에게 적당한 타격을 입히며 그들의 진형을 흐트려 놓았다.

그러는 사이 어둠 속에 녹아든 서시가 기척도 없이 그들에게 다가가 숨통을 끊었다.

두 사람의 합동 작전은 위력적이었다.

서윤도 서윤이었지만 서시의 한 수 한 수는 상당히 예리하고 날카로웠다.

순식간에 적들이 쓰러졌다. 서윤이 옆으로 다가온 서시에게 물었다.

"괜찮아?"

"괜찮아. 어둠 속에서 날 이길 수 있는 사람은 몇 없어. 그리고 그 실력에 전음도 못 하는 게 말이 돼? 여기서 나가면 가르쳐 줄게."

서시의 대답에 고개를 끄덕인 서윤이 쓰러진 적들을 살폈다.

"폭렬단이야?"

서시의 물음에 서윤이 고개를 저었다.

"아닌 것 같아. 아는 얼굴은 없지만 그들의 실력은 이 정도가 아니야. 폭렬단이었다면 집을 포위하고 공격하는 순간까지도 눈치채지 못했을 거야."

"그 정도야?"

"그래. 그 정도지."

"그런 그들이랑 어쩌다가 척을 진 거야? 처음 청부받을 때 분위기를 보니까 무슨 불구대천의 원수처럼 말하던데."

"적이니까. 다 그런 것 아니겠어?"

"피곤했겠네, 그동안."

서시의 말에 서윤이 말없이 고개를 돌렸다.

"안에 들어가 봐."

"알았어."

서윤의 말에 서시가 집 안으로 들어갔다. 그리고 잠시 후, 그녀가 당황한 기색으로 뛰쳐나왔다.

"없어!"

"역시. 서둘러. 한시라도 빨리 마을을 벗어나야 돼."

서윤과 서시는 서둘러 골목을 벗어났다. 하지만 마을을 빠져나가는 것도 쉬운 일이 아니었다.

골목을 빠져나와 큰길로 나온 두 사람은 망연자실한 표정을 지었다.

큰길 한 가운데에 방금 전의 중년인이 서 있던 것이다.

"안녕?"

낯익은 목소리. 폭렬단주의 목소리였다.

"반갑진 않군."

"그래? 난 엄청 반가운데."

그렇게 말한 폭렬단주가 서윤의 옆에 서 있는 서시에게 시선을 돌렸다.

"감히 봉황곡 따위가 우리를 속여?"

"봉황곡 따위라니. 그 주둥아리, 함부로 놀리면 쥐도 새도 모르게 찢어 놓겠어."

서시가 살벌한 말들을 쏟아내었다.

"능력도 안 되는 것이 입만 살았군. 저놈 믿고 까부는 건가?"

폭렬단주의 말에 서시가 발끈했지만 서윤이 그녀를 말렸다.

"침착해. 빠져나가는 데에 집중한다."

서윤의 말에 서시가 이를 악물었다. 지금 이 순간처럼 수하들이 보고 싶었던 적이 없었다.

서윤이 주변을 살폈다.

고요했고 폭렬단주 외에 다른 사람들의 기척은 없었다. 하지만 분명 마을 곳곳에 폭렬단원들이 기척을 감추고 숨어 있을 것이다.

'쉽지 않겠군.'

서윤이 속으로 중얼거렸다. 그러고는 심호흡을 했다.

"폭렬단이 곳곳에 숨어 있을 거야. 일단 폭렬단주를 떼놓은 뒤 직선 주파한다. 앞은 내가 맡을 테니 엄호 좀 해줘."

"알았어."

작은 소리로 대화를 나눈 후 서윤이 폭렬단주를 향해 다가
갔다.

"실력이 얼마나 늘었는지 보자."

슈욱!

말이 끝남과 동시에 폭렬단주가 검을 휘둘렀다. 위력적인
검기가 쏘아져 나와 서윤을 향해 달려들었다.

순식간에 진기를 끌어 올린 서윤이 풍절비룡권의 초식들을
펼쳤다.

콰쾅!

허공에서 터지는 폭음. 그리고 어둠 위를 뒤덮은 흙먼지.

하지만 서윤은 눈 하나 깜짝하지 않고 앞으로 나아가며 주
먹을 뻗었다.

"하압!"

기합과 함께 서윤의 양쪽 주먹이 연이어 휘둘러졌다.

공기와 함께 회오리치듯 빨려 들어간 흙먼지들이 진기와 함
께 앞쪽으로 폭사되었다.

폭렬단주의 반격 역시 만만치 않았다.

날카로운 공격이 연이어 밀려왔고 순식간에 서윤의 기운을
파훼했다.

서윤은 폭렬단주의 공격을 피하지 않았다.

피한다면 뒤쪽에서 엄호를 맡고 있는 서시가 위험할 수도

있는 상황.

어떻게 해서는 막아내며 앞으로 나아가야 했다.

서윤이 진기를 끌어 올렸다.

오랜만의 전투이기 때문인지 서윤의 하단전과 중단전에서 뿜어져 나오는 기운은 그 어느 때보다 활기찼다.

서윤의 초식에서 터져 나오는 기운은 분명 과거와 달랐다.

상단전까지 연 지금 초식에 실리는 진기의 양은 물론 그 위력도 상당했다.

서윤의 위력적인 공격에 폭렬단주는 애써 침착하려 했지만 그것이 쉽지가 않았다.

그렇다고 해서 폭렬단주가 호락호락하지는 않았다.

이를 악물고 뿌려내는 검격은 날카롭고 빨랐으며 그 위력 역시 상당했다.

서윤은 더욱 진기를 끌어 올렸다.

폭렬단주의 동작 하나하나에 집중하면서 그의 공격을 예측하고 막아내려 했다.

슈우욱! 콰쾅!

서윤의 공격이 연이어 폭렬단주의 검을 때렸다.

사방으로 퍼지는 폭음에 이은 충격에 폭렬단주의 신형이 휘청거렸다. 서윤은 그 틈을 놓치지 않고 쾌풍보를 이용해 품을 파고들었다.

휘청거렸다고는 하나 폭렬단주가 그렇게 당할 사람은 아니었다.

중심이 흐트러진 상황에서도 폭렬단주는 검을 휘둘렀다.

예리한 검기가 쏟아지는 상황. 하지만 서윤은 물러섬이 없었다.

콰쾅!

서윤 역시 진기를 머금은 주먹을 뻗었다.

날아오는 검기와 주먹의 충돌임에도 오히려 폭렬단주의 검기가 밀리는 듯 보였다.

폭렬단주가 수세에 몰리는 듯하자 숨어 있던 폭렬단이 움직이기 시작했다.

그러자 이제부터 바빠지는 건 서시였다.

서윤이 폭렬단주 한 명에게 신경이 쏠려 있는 상황에서 곳곳에서 튀어나오는 폭렬단을 홀로 상대하는 것은 서시에게도 버거운 일이었다.

'와라, 이놈들!'

서시가 품에서 두 개의 단도를 꺼내 양손에 하나씩 쥐고는 눈을 빛냈다.

서시가 어둠 속에 스며들었다.

공격하려던 대상이 갑작스레 사라지자 폭렬단원들은 적잖이 당황했다.

하지만 이내 등을 보이고 있는 서윤을 목표로 검을 휘둘렀다.

서석!

순간 한줄기 빛이 번뜩이는가 싶더니 서윤을 공격해 들어가던 폭렬단원들의 목이 떨어져 나갔다.

"감히 내 앞에서 어설픈 흉내를 내다니."

서시가 차가운 목소리로 읊조렸다.

그 후로도 서시는 적절히 자신의 몸을 어둠과 동화시키며 폭렬단원들을 상대해 갔다.

중원에서도 손꼽히는 살수 집단인 봉황곡을 이끄는 수장.

젊은 나이에 곡주가 된 것은 비단 전대 곡주의 사망 때문만은 아니라는 걸 지금 이 순간 확실하게 증명하고 있었다.

덕분에 서윤은 등 뒤에서 벌어지는 일에 신경 쓰지 않고 오로지 눈앞의 폭렬단주에게만 집중할 수 있었다.

콰쾅!

서윤의 공격이 폭렬단주의 검에 막혔다.

하지만 그 여파를 이기지 못하고 폭렬단주가 뒤쪽으로 밀렸다.

서윤은 그가 중심을 잡기 전에 쇄도했다.

그를 보며 폭렬단주가 검을 휘둘렀지만 서윤에게 닿기에는 역부족이었다.

순식간에 거리를 좁힌 서윤은 또 한 번의 공격을 준비하고 있었다.

"합!"

폭렬단주가 이를 악물고 기합을 터뜨렸다.

그러자 서윤의 머리 위로 방금 전과는 비교도 할 수 없는 위력의 공격이 쏟아졌다.

서윤은 눈을 빛냈다.

그러고는 본인이 낼 수 있는 최대한의 속도로 공격을 피해 다가가며 주먹을 뻗었다.

쾅!

서윤의 공격이 폭렬단주의 몸에 꽂혔다.

제법 큰 충격을 받은 듯 폭렬단주가 입으로 피를 뿌리며 뒤쪽으로 밀렸다.

'모자라.'

서윤이 생각했다. 그러고는 지체하지 않고 다시 몸을 날렸다.

뒤쪽으로 밀린 폭렬단주가 비틀거리는 사이 빠르게 따라붙은 서윤이 다시 한 번 주먹을 말아 쥐었다.

순간 둘 사이에 있던 공기가 서윤의 주먹으로 몰려들었다.

서윤의 진기와 뒤섞여 응축된 기운은 마치 터지기 직전의 폭탄을 연상시킬 정도였다.

강한 충격에 적잖은 내상을 입었음에도 폭렬단주는 정신을 잃지 않았다.

그리고 서윤의 주먹에 모이고 있는 기운을 느끼며 있는 힘껏 몸을 뒤로 빼내었다.

터엉!

"크흑!"

뻗어내는 주먹 앞에서 터진 기운에 폭렬단주는 최대한 몸 앞을 검으로 막아내었다.

하지만 워낙 근거리에서 터진 강한 위력의 공격에 마치 줄이 끊긴 연처럼 뒤쪽으로 날아갔다.

콰직!

폭렬단주가 민가 하나의 벽을 뚫고 처박혔다.

"헉! 헉!"

잠시 숨을 고른 서윤이 뒤쪽을 돌아보았다. 그곳에는 서시가 폭렬단을 상대로 고군분투하고 있었다.

살수로서의 능력을 십분 발휘해 적을 상대하고는 있었지만 다수를 홀로 상대하는 건 분명 한계가 있을 수밖에 없었다.

서윤이 신형을 날렸다.

폭렬단원들 사이로 빠르게 파고든 서윤이 순식간에 두 명의 적을 날려 버렸다.

틈이 벌어지자 한숨 돌린 서시가 서윤의 곁에 섰다.

폭렬단원들은 두 사람을 보며 섣불리 달려들지 못하고 기회만을 엿보고 있었다.

"도와줄 거면 진작 도와주지. 죽을 뻔했네."

"이 정도로 안 죽을 거 알아."

그렇게 말하며 서윤이 서시를 슬쩍 쳐다보았다. 한두 군데

가벼운 자상을 입기는 했지만 큰 부상은 없는 듯했다.

"내가 뚫을 테니까 일직선으로 그대로 달려."

"알았어."

서시가 호흡을 고르며 대답했다. 그에 서윤이 폭렬단원들을 쳐다보았다.

뚫겠다고는 했지만 이미 포위된 상태.

폭렬단주가 언제 다시 일어날지 알 수 없기 때문에 한시라도 빨리 이곳을 벗어나야 했다.

"후우……."

서윤이 심호흡을 했다. 그러고는 폭렬단원들을 노려보며 천천히 진기를 끌어 올렸다.

이런 때 가장 좋은 초식, 광풍난무를 준비하고 있었다.

"합!"

방향을 정한 서윤이 기합과 함께 움직였다.

크와아앙!

뻗어내는 주먹에서 터져 나오는 굉음.

뒤이어 폭사되는 엄청난 위력의 공격에 폭렬단원들은 일제히 몸을 피했다.

하지만 차마 피하지 못한 일부는 광풍에 휩쓸려 생을 마감하고 말았다.

"세상에……."

서윤의 광풍난무를 처음 본 서시는 너무 놀라 벌어진 입을 다물지 못했다.

"뭐해! 뛰어!"

서윤의 외침에 정신을 차린 서시가 빠르게 달려 나갔다. 서윤도 그 뒤를 따르며 쫓아오는 폭렬단원들을 향해 몇 차례 초식을 뿌렸다.

콰직!

"헛!"

달려 나가던 서시가 갑자기 왼쪽에서 집 문을 뚫고 튀어나오는 적들을 보며 헛바람을 들이켰다.

워낙 갑작스러운 공격에 미처 손 쓸 틈도 없는 상황.

그때 서시의 귀에 서윤의 목소리가 들렸다.

"그대로 달려!"

퍼억!

목소리가 들림과 동시에 갑자기 나타난 서윤이 주먹으로 있는 힘껏 적들을 후려쳤다.

살짝 공중에 떠 있는 상태에서 서윤의 주먹에 맞은 탓에 제대로 반격도 하지 못하고 세 명의 적이 나가 떨어졌다.

서시는 앞만 보고 달렸다.

하지만 적들을 상대하느라 많이 지친 상태이고 가벼운 상처이긴 하지만 자상을 입은 탓에 그전만큼 속도가 나질 않았다.

쐐에에엑!

뒤쪽에서 날카로운 파공음이 들렸다.

서시의 뒤에서 엄호하며 달리던 서윤은 재빨리 몸을 틀며 주먹을 뻗었다.

쾅!

가까스로 막기는 했지만 묵직한 충격이 서윤에게 고스란히 전달되었다.

서윤은 이를 악물었다.

방금 전의 일격을 날린 자가 바로 폭렬단주였기 때문이었다.

산발을 하고 정상이 아닌 몸 상태에서 이런 위력의 공격을 뿌리는 것을 보니 그날의 일이 떠올랐다.

황보수열이 목숨을 잃던 그날 밤.

이성을 잃은 듯 위력적이면서도 무차별적인 공격을 퍼붓던 그 모습이 지금 자신들의 뒤를 쫓는 폭렬단주와 겹쳐 보였다.

게다가 서윤의 일격으로 흐트러졌던 폭렬단원들도 전열을 재정비하고 맹렬한 기세로 뒤쫓아 오고 있었다.

텁.

"악!"

서시는 갑자기 허리를 감아오는 손길에 깜짝 놀라 소리를 질렀다.

"실례."

그에 짧게 대답한 서윤이 그녀를 안아 들고는 빠른 속도로 쏘아져 나갔다.

곳곳에서 적들이 튀어나왔지만 서윤은 오로지 쾌풍보에만 집중하며 그들 사이를 빠져나가고 있었다.

순식간에 거리가 벌어지자 폭렬단주를 비롯한 적들은 뒤를 쫓지 못하고 그대로 멈춰 섰다.

"으아아아아!"

폭렬단주가 분을 이기지 못하고 허공에 소리를 질렀다. 하지만 서윤과 서시는 이미 그 소리가 희미하게 들릴 정도로 멀리 사라져 버린 뒤였다.

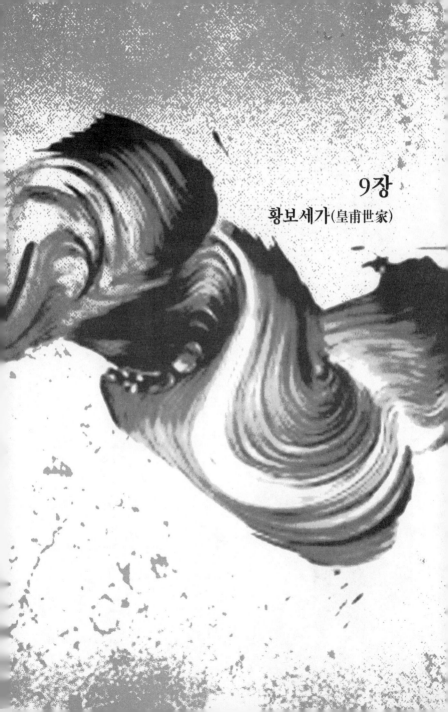

9장
황보세가(皇甫世家)

風神徐潤
풍신서윤

　폭렬단의 추격을 뿌리친 두 사람은 혹시나 하는 마음에 쉬지 않고 달렸다.

　어느 정도 도망쳤다는 생각이 들자 계속해서 서윤의 품에 안겨 있던 서시가 말했다.

　"이제 그만 내려줘."

　"아."

　그녀의 말에 서윤이 걸음을 멈추더니 서시를 내려주었다. 땅에 발을 디딘 서시는 흐트러진 옷매무새를 가다듬었다.

　"얘기라도 좀 해주지."

　서시가 민망한 듯 다른 곳을 쳐다보며 말했다. 그에 서윤이 덤덤하게 말했다.

"그럴 틈이 없었으니까. 그런데 여기가 어디쯤이지?"

"글쎄. 일단 가까운 마을이라도 찾아봐야겠지. 후… 이제는 마을에도 마음 편히 못 들어가겠네."

서시의 말에 서윤도 고개를 끄덕였다.

"저들이 어떻게 우리를 이렇게 빨리 찾았지? 동선을 읽고 미리 준비해 둔 것 같은데."

서윤의 물음에 서시가 눈을 동그랗게 뜨며 물었다.

"설마, 날 의심하는 건 아니지?"

"그런 얘기 안 했어. 괜히 넘겨짚지 마."

서윤의 대답에 서시가 표정을 풀고는 말했다.

"아무튼 나도 저들이 어떻게 우리를 그렇게 빨리 찾았는지는 모르겠어. 처음부터 감시가 있었다면 모를까."

"감시? 혹시 낌새를 느낀 건 없었나?"

"아니, 전혀."

"혹시 내부에 첩자가 있었다던가."

서윤의 말에 서시가 화가 난 표정으로 그를 쳐다보며 말했다.

"한 번만 더 그런 소리 하기만 해봐."

서시의 서슬 퍼런 반응에 서윤이 물끄러미 그녀를 바라보더니 고개를 끄덕였다.

"알았다. 사과하지."

서윤의 사과에 고개를 돌린 서시가 주변을 훑었다.

관도는 아니었지만 사람들이 제법 지나다니면서 생긴 길이었다. 주변에 수풀은 제법 우거져 있었으나 나무가 울창한 산길은 아니었다.

"일단 큰길로 나가야겠어. 여기야말로 우리 같은 살수들이 제일 좋아하는 지형이야. 위험하단 뜻이지."

그렇게 말한 서시가 먼저 발걸음을 옮겼다. 그녀의 말에 서윤도 주변에 기척이 느껴지는지를 살피며 천천히 뒤를 따랐다.

서윤과 서시가 있던 곳은 다행이 현과 멀지 않은 곳이었다. 마을의 규모가 크든 작든 저들은 상관하지 않겠지만 두 사람 입장에서는 조금이나마 마음을 놓을 수 있었다.

방부(蚌埠)현에 도착한 두 사람은 일단 객점부터 잡았다.

"방 두 개 주세요."

"아니, 하나만 주시오."

방을 두 개 잡으려던 서시는 하나만 달라는 서윤의 말에 놀란 눈을 하며 그를 쳐다보았다.

"그 편이 안전해."

"이봐, 나도 내 몸 하나는 지킬 수 있거든?"

"다쳤잖아."

그렇게 말한 서윤은 객점 주인으로부터 방 열쇠를 받아 들고는 무심하게 점소이를 따라 발걸음을 옮겼다.

"하……."

작게 한숨을 쉰 서시는 그래도 싫지는 않은 듯 들뜬 표정으로 서윤의 뒤를 따랐다.

방을 확인한 서윤은 서시에게 씻고 내려오라는 말을 남기고는 방에서 나왔다. 그러고는 점소이에게 따로 씻을 곳이 있는지 묻고는 그리로 향했다.

따뜻한 물에 몸을 담그니 피로가 확 풀리는 것 같은 기분이 들었다.

마의의 거처를 떠나 북경으로 향하는 동안 거의 웃지 않았던 서윤이지만 지금 이 순간만큼은 기분 좋은 미소를 짓고 있었다.

"다들 잘 지내고 있으려나 모르겠네."

서윤이 우인과 소옥을 비롯한 마을 사람들을 떠올렸다.

폭렬단과 부딪치면서 아무런 연관도 없는 마을이 불타고 사람들이 죽어가는 것을 보았다.

그럴 때마다 참을 수 없는 분노를 표출했던 서윤이었다.

그리고 항상 상황이 끝나고 나면 살던 마을은 무사할지가 가장 걱정이 되었다.

당장에라도 달려가 보고 싶었지만 아무 일 없을 거라 스스로를 다독이며 꾹 참고 있었다.

'숙부님, 형님 그리고 누이. 죄송합니다, 곧 찾아뵙겠습니다.'

서윤은 설군우와 설궁도, 설시연을 떠올리며 속으로 중얼거렸다.

자신이 실종되고 가장 걱정을 한 사람들이 그들이리라.

어쩌면 죽었다고 생각하고 있을지도 모를 일이었다. 소중한 사람을 잃는 아픔이 얼마나 큰지 잘 알고 있는 서윤으로서는 그들에게 가장 미안한 마음이 들었다.

'제대로 사과하기 위해서라도 일단 북경에서의 일을 마무리 지어야 해.'

어의 허문을 만나 마의의 서찰을 전하고 그와 함께 대륙상 단으로 가게 된다면 머지않아 자연스럽게 만나게 되리라.

소중한 사람들을 떠올리며 마음을 다잡은 서윤이 목욕통에서 나와 물기를 닦아내고는 옷을 걸쳤다.

씻고 일 층으로 가자 서시가 먼저 나와 자신을 기다리고 있었다.

"왜 이렇게 오래 걸려?"

"어쩌다 보니. 식사는?"

"아직 주문 안 했어. 그보다 보여줄 게 있어."

그렇게 말한 서시가 주변을 두리번거리더니 품에서 쪽지 하나를 꺼냈다.

쪽지를 펼치자 알 수 없는 글자가 몇 개 쓰여 있었다.

"이게 뭐야."

"우리 봉황곡에서만 쓰는 암호."

서시의 말에 서윤이 눈을 빛냈다. 봉황곡에서만 쓰는 암호라면 조사를 보낸 살수들이 연락을 해왔다는 뜻이었다.

"무슨 내용인데?"

"여기서 가장 가까운 안가에 가야 해. 그곳에 무언가를 가져다 놓은 모양이야."

"가장 가까운 안가는 어디지?"

"멀지 않아. 한 시진 정도?"

"지금 다녀오지."

"뭐?"

서윤의 말에 서시가 그를 붙잡았다.

"밥이라도 좀 먹고 가자. 급한 거 아니잖아?"

서시의 말에 서윤이 다시 자리에 앉았다. 어차피 내용 확인만 할 수 있으면 되는 일. 지금은 북경까지 가는 것이 우선이었다.

"과연 있을까? 배신한 사람들이."

"있어, 분명."

"어떻게 그렇게 확신해?"

"그렇지 않고서는 말이 안 돼, 내가 겪은 일들이."

그렇게 말하며 서윤이 다시금 지난날을 떠올렸다. 다시는 겪고 싶지 않은, 하지만 앞으로도 겪어야 할 일들이었다.

"어쨌든 앞으로는 더 조심해야겠어. 무림맹을 중심으로 아직 동쪽으로는 저들이 활동을 못 하는 줄 알았는데 그런 것도 아니군."

"뭐, 당신 말대로 배신자가 있다면 충분히 가능한 일이지. 아니면 그들만 독자적으로 움직이고 있던가. 다수가 움직이는 건 눈에 쉽게 띄지만 소수가 움직이는 건 놓칠 수 있으니까."

서시의 말에 서윤도 고개를 끄덕였다. 폭렬단주의 반응으로 보아 그들의 목적은 오로지 자신인 듯했다.

'앞으로 얼마나 더 강한 적들이 나타날지 모르겠구나.'

서윤이 속으로 중얼거렸다.

확실히 상단전을 연 이후 폭렬단주를 상대하는 것이 어렵지 않았다.

물론 생각했던 것보다 폭렬단주의 힘이 강하기는 했지만 그렇다고 해서 예전처럼 죽을지도 모르겠다는 생각은 조금도 들지 않았다.

무엇보다도 예전처럼 광풍난무를 펼치고 나서도 힘이 떨어지지 않은 것이 고무적이었다.

하지만 폭렬단주 외에 아직까지 만나지 않은 적들이 무수히 많을 것이 분명했다.

마교주는 논외로 치더라도 폭렬단주보다 강한 자들이 아직까지 모습을 드러내지 않고 있는 상황이었다. 폭렬단주를 쓰러뜨리고 나면 그보다 더 강한 자가 앞에 나타날지도 모를 일이었다.

'상단전에 더 익숙해져야 해.'

서윤은 아직 온전히 자신의 것으로 만들지 못한 상단전을 떠올렸다.

상단전만 하단전이나 중단전만큼이나 자유롭게 사용할 수 있다면 위험한 상황을 훨씬 더 수월하게 넘길 수 있을 것이었다.

서윤이 그런 생각을 하는 사이, 서시는 점소이를 불러 이것저것 식사를 주문했다.

생각에 빠져 그녀가 어떤 음식을 주문하는지 몰랐던 서윤은 얼마 후 점소이가 내온 음식들을 보며 놀라움을 감추지 못했다.

"이걸 다 먹겠다고?"

"왜? 허기진단 말이야. 이 정도는 먹어 줘야지."

"원래 여자들이 이렇게 많이 먹나?"

"많이 먹지. 그리고 먹고 후회도 잘 하지. 살쪘겠네, 하면서."

"허, 참."

서윤이 기가 막힌다는 듯 혀를 찼다. 그러고는 문득 설시연을 떠올렸다.

'누이도 이렇게 많이 먹으려나?'

그러면서 순간 오랜만에 만났는데 살이 쪄 있는 설시연의 모습이 스쳐 지나갔다.

'아니겠지.'

서윤이 순간 떠오른 살찐 설시연의 모습을 애써 털어내며 젓가락을 들었다.

식사를 마친 두 사람은 안가로 향했다.

주문한 음식을 남김없이 먹어 치운 서시가 배부르다며 조금 쉬었다가 출발하자고 했지만 서윤은 고개를 저었다.

그에 안가로 향하는 그녀는 연신 '배려가 없다', '여자를 너무 모른다'며 연신 투덜거리고 있었다.

"그만 좀 투덜대지?"

"쳇! 쳇!"

서시가 입을 빼죽 내밀었다. 별것도 아닌 것 가지고 토라진 그녀를 보며 서윤은 알다가도 모르겠다는 듯 고개를 저었다.

그러는 사이 두 사람은 안가에 도착했다.

지난번과 달리 숲에 진법이 설치되어 있었고 서시의 안내를 따라 진법 속으로 들어갔다.

진법을 지나고 나타난 안가의 모습은 예전 서윤이 부모님과 함께 살던 집의 모습과 상당히 흡사했다.

그에 서윤은 친근함을 느끼며 잠시 추억에 잠길 수 있었다.

"여기 있네."

서시가 모옥 안으로 들어가더니 이내 서찰 한 장을 들고 나와 서윤에게 건넸다.

서시로부터 건네받은 서찰을 읽은 서윤의 얼굴이 딱딱하게 굳었다. 서윤의 심각한 표정을 본 서시가 그의 손에서 서찰을 빼앗아 읽어 내려갔다.

명단을 확인한 서시 역시 서윤과 마찬가지로 믿을 수 없다는 표정을 지었다.

"애들이 일을 잘못한 것 같은데? 이 사람들이 뭐가 아쉬워서?"

"모르지. 하지만 당신 수하들이 조사한 것이 어느 정도 확실하다면……."

서윤이 말끝을 흐렸다. 그 이후는 상상도 하기 싫은 까닭이었다.

"일단 나가지. 우선 북경의 일을 처리하고 나서 그 이후 일을 생각해 봐야겠어."

그렇게 말한 서윤이 서시에게서 다시 명단을 받아 곱게 접어 품에 집어넣었다.

*   *   *

늦은 밤 개방 섬서분타 인근의 야산.

호걸개가 뒷짐을 진 채 산책하듯 천천히 산을 오르고 있었다.

하지만 그의 걸음걸이나 태도와 달리 표정은 비장함 마저 흐르고 있었다.

부지런히 산을 오르던 호걸개가 어느 순간 발걸음을 멈추었다. 그러고는 주변을 한 바퀴 둘러보았다.

슈슉!

갑자기 호걸개 주변으로 한 무리의 사람이 나타났다.

깔끔한 무복이 아닌 누더기 같은 옷을 걸친 자들.

허리에는 개방 제자를 뜻하는 매듭이 있는 자들이었다.

묵걸개 장로가 호걸개에게 마지막으로 남긴 것이 바로 이들이었다. 방주 모르게 심혈을 기울여 길러낸 정예라 할 수 있었다.

두문불출하면서도 이런 자들을 길러낼 수 있었다는 게 대단할 뿐이었다.

"호걸개 장로님을 뵙습니다."

나타난 개방 거지들이 일제히 고개를 숙였다.

"아직 어의는 움직임이 없더냐?"

"며칠째 황궁에도 들지 않고 두문불출 하고 있습니다."

나타난 거지들 중 한 명의 대답에 호걸개가 말없이 고개를 끄덕였다.

"그런데 이상한 점이 있습니다."

"이상한 점이라니. 어의는 두문불출하고 있다면서."

"어의와 연관된 일이 아닙니다."

"그럼 무슨 일이더냐?"

"살수들의 움직임이 심상치 않습니다."

수하의 보고에 호걸개의 아미가 찌푸려졌다. 살수들이 움직이는 일 치고 좋은 일이 없었기 때문이었다.

"살수들이라니."

"한 곳이 아닙니다. 살문(殺門)을 비롯해 사각(死閣), 흑천각(黑天閣)과 봉황곡 등 살수 집단들 대부분이 움직이고 있습니다. 그중 봉황곡의 경우 저희들과 묘하게 겹치는 부분이 있습니다."

"겹치는 부분이 있다? 살수들이 그들을 살핀다……. 암살이라도 하려는 건가? 저들의 청부를 받고?"

호걸개의 찌푸려진 아미에 주름이 더욱 깊게 패었다.

"그들을 잘 살펴보도록. 혹여 우리가 감시하는 자들을 암살하려는 시도가 있다면 무력을 행사해도 된다."

"알겠습니다."

"총타, 아니, 방주님의 움직임은?"

"여느 때와 똑같습니다."

"하긴. 워낙 심계가 깊고 속을 알 수 없는 분이니. 어떤 꿍꿍이가 있어도 겉으로 드러나지 않겠지. 어쩌면 우리의 일도 이미 알고 계실지도 모를 일이지. 하여튼 절대 방주님의 시야에 들지 않도록 조심해야 한다. 알겠느냐?"

"예!"

"해산."

호걸개의 해산 소리에 거지들이 나타났던 것처럼 사라졌다.

"살수들이라……."

그렇게 중얼거리며 호걸개가 딱딱하게 굳은 표정으로 다시 산을 내려갔다.

                    *   *   *

서윤과 서시가 산동성에 들어선 것은 명단을 확인하고 이틀이 지난 후였다.

산동성은 상대적으로 옆으로 넓은 지형이라 하북성까지만 들어가면 북경까지는 금방이라는 생각에 두 사람은 속도를 높여 달렸다.

그렇게 달려 나흘째 되는 날.

두 사람은 산동성의 성도인 제남(齊南)에 도착할 수 있었다. 제남에 도착해 하루를 묵기로 한 두 사람은 객점을 잡았다.

방에서 짐을 푼 서시는 식사를 위해 일 층으로 내려갔다.

서윤이 조금 늦는 듯하자 식탁을 잡고 잠시 기다리던 그녀는 한참이 지나도 그가 내려오지 않자 그의 방으로 발걸음을 옮겼다.

"밥 안 먹어?"

서시가 문밖에서 말했다. 하지만 아무런 대답도 들려오지 않았고 서시는 문에 귀를 대고 안쪽의 기척을 살폈다.

하지만 안에서 아무런 인기척도 느껴지지 않자 서시가 슬그머니 문을 열었다.

역시나 방 안에는 아무도 없었다.

"뭐야, 어디 간 거야?"

그렇게 중얼거린 서시는 자신이 일 층에서 서윤을 못 본 건아닐까 싶어 다시 내려갔다.

하지만 아무리 훑어 봐도 서윤의 모습은 보이지 않았다.

"뭐야. 어디를 갈 거면 간다고 말을 하던가. 배고파 죽겠는데."

서윤에게 바람을 맞은 서시는 뾰로통한 표정을 지은 채 자신의 방으로 돌아갔다.

서시에게 바람을 맞힌 서윤은 객점을 빠져나와 저잣거리를 걷고 있었다.

해가 저물어가는 시간대임에도 사람이 많은 것이 역시나큰 도시답다는 생각을 했다.

'이쪽이라고 했지.'

객점을 나오면서 점소이에게 길을 물은 서윤은 똑바로 걷고 있었다. 하지만 한 발자국씩 떼는 그의 발걸음에는 힘이 없었다.

'가는 게 맞는 걸까?'

평소의 서윤과 달리 지금은 무언가 망설이는 듯했다. 하지만 서윤은 이내 마음을 다잡고 발걸음을 옮겼다.

제남은 산동성의 성도이기도 했지만 황보수열의 본가인 황보세가가 있는 곳이기도 했다.

그것을 안 서윤은 차마 그냥 지나칠 수 없어 가서 무얼 어떻게 해야겠다는 생각도 없이 황보세가 쪽으로 발걸음을 옮기고 있었던 것이다.

얼마를 걸었을까.

서윤이 발걸음을 멈추었다. 멍하니 걷던 그의 눈에 초점이 돌아왔고 멀리 황보세가가 보였다.

힘찬 기상을 담기라도 하듯 현관의 글씨에서 힘이 느껴졌고 활짝 열린 정문에서는 자신감이 묻어나는 듯했다.

하지만 그 안쪽에서부터 흘러나오는 분위기는 조금 무겁게 느껴졌다.

서윤이 황보세가 쪽으로 조금 더 발걸음을 옮겼다.

하지만 몇 걸음 가지 못해 서윤은 다시 멈춰 섰다. 차마 그곳에 가 황보수열의 식구들을 만날 엄두가 나질 않았던 것이다.

비록 자신이 그의 목숨을 빼앗은 건 아니라 하나 자신을 구하고 죽어간 동료였기에 그에 대한 죄책감과 미안함을 항상

가지고 있었다.

"후⋯⋯."

서윤이 한숨을 쉬었다. 그러고는 다시 발길을 돌려 객점으로 향했다.

*　　　*　　　*

서시는 옆방 문이 열리는 소리가 들리자 얼른 밖으로 나갔다. 그리고 서윤이 문을 닫기 전에 따라 들어가며 따지듯 물었다.

"어디 갔다 온 거야? 가면 간다, 언제 오겠다 말을 해줘야 될 거 아냐?"

"미안."

서윤이 침상에 걸터앉으며 대답했다.

쏘아붙이던 서시는 서윤의 안색이 좋지 않은 것을 보고는 화를 누그러뜨리며 물었다.

"왜, 무슨 일 있었어? 안색이 안 좋은데."

"별일 아니야."

대답하는 서윤의 목소리도 표정만큼이나 무거웠기에 그의 옆에 앉으며 다시 물었다.

"제남에 오기 전까지 아무렇지도 않던 사람이 갑자기 이러는데 별일 아니라니. 무슨 일이야? 얘기해 봐. 어디 갔다 왔는데?"

"황보세가."

"황보세가? 아직 살아 있다는 게 밝혀지면 안 된다고 하더니 거긴 왜?"

서시의 물음에 서윤은 아무런 대답도 하지 않았다. 그러자 서시가 본격적으로 캐묻기 시작했다.

"거기서 무슨 일이 있었는데? 왜?"

"안 갔어."

방금 전과는 다른 서윤의 대답에 서시가 짜증 섞인 목소리로 물었다.

"이랬다 저랬다 할 거야? 황보세가에 갔다며. 그런데 또 안 갔다는 건 무슨 소리야?"

"차마 들어갈 수가 없더라. 내가 무슨 염치로……."

"근처까지만 갔다 온 거야?"

서시의 물음에 서윤이 말없이 고개를 끄덕였다.

"왜 염치가 없어."

그녀의 물음에 서윤이 작게 한숨을 쉬고는 덤덤하게 말을 이어갔다.

"폭렬단주가 나 하나를 노리는 것 같다고 했지?"

"그래. 근데 갑자기 폭렬단주가 왜 나와."

"그 폭렬단주가 황보수열을 죽였어."

"그래? 그런데 그게 염치없는 거랑 무슨 상관이야."

"날 구하고 죽었거든."

"뭐?"

서윤의 말에 서시가 조금 놀란 듯한 반응을 보였다.

"폭렬단주와 싸우던 그날, 난 쓰러지기 일보 직전이었어. 이대로 죽겠구나 싶던 그때 조장이 나타났지. 그러고는 폭렬단주의 시선을 돌렸어. 내대신 싸움을 시작했지. 그전에 그들의 손에 초주검이 될 정도로 당했는데 당연히 역부족이었겠지. 결국 폭렬단주의 검이 조장의 심장을 뚫었어. 그런데 그 이후에 조장이 어떻게 했는지 알아? 죽어가는 와중에도 검을 쥔 폭렬단주의 손을 잡고 그의 발을 묶어두었어. 그러면서 내게 소리쳤지. 도망치라고. 그때 난 도망쳤어. 먼저 간 조원들을 구해야 한다는 생각 때문이었지만 난 그 자리에서 도망쳐서는 안 됐어. 어떻게 해서든 그를 살리려고 했어야지."

말을 마친 서윤은 목이 메는 듯 입을 꾹 다물었다.

그의 이야기를 다 들은 서시는 측은한 눈빛으로 서윤을 바라보다가 가만히 그의 등을 쓸어 주었다.

"당신 잘못이 아니야. 당신이 아니었으면 다른 조원들도 모두 죽었겠지."

"하지만……."

"생각해 봐. 만약 당신이 그 자리에 남아서 폭렬단주의 손에 목숨을 잃었다면? 그건 그 사람의 희생을 헛되이 하는 거야. 악착같이 살아남아서 복수도 하고 그의 몫까지 잘 살아야지. 그거야말로 보답하는 길이야."

서시의 말에 서윤은 아무런 대답도 하지 않았다.

"과정이야 어쨌든 당신은 그 사람 덕분에 살았어. 지금 당신이 북경에 가려는 것도, 배신자들이 있는지 조사하는 것도 다 복수를 위해서 아니야? 그에게 미안하다는 말은 복수를 끝낸 후에 하면 돼."

"후……."

서윤이 깊은 한숨을 쉬었다. 그에 서시가 말을 이었다.

"정 마음에 걸리면 차라리 다녀와. 가주를 만나서 어떤 일이 있었는지 자세히 말씀드리고 죄송하다고 말씀드려. 그러는 게 훨씬 마음이 편해지는 길일 수도 있어."

서시의 말에 서윤은 잠시 무언가 생각하는 듯하더니 자리에서 일어났다.

"다녀올게."

"그래."

서윤이 다시 방을 나가고 서시는 잠시 동안 그 자리에 앉아 있다가 자신의 방으로 돌아갔다.

* * *

황보세가의 가주 황보진원(皇甫振源)은 정원을 거닐고 있었다. 예쁘게 핀 꽃들이 산들바람에 살랑거리고 있었지만 그곳에는 제대로 눈길을 주지 않고 있었다.

이따금 한숨을 내쉬며 밤하늘을 올려다볼 뿐이었다.

물끄러미 밤하늘을 올려다보던 황보진원이 시선을 돌렸다. 그곳에는 황보세가의 가신(家臣) 한 명이 서 있었다.

"무슨 일인가?"

"웬 청년 한 명이 가주님을 찾아 왔습니다."

가신의 대답에 황보진원이 인상을 찌푸렸다.

"이 시간에? 무례하군. 누군지는 모르겠지만 돌려보내게."

"그것이······."

"왜 그러는가?"

황보진원의 물음에 가신이 머뭇거리다가 입을 열었다.

"그 청년이 수열 도련님과 관련해 가주님께 꼭 드릴 말씀이 있다 하여······."

"뭐?"

황보진원의 눈동자가 흔들렸다. 애써 잊으려 노력했지만 자식 잃은 부모의 마음이 어찌 생각같이 되겠는가.

매일같이 정원에 나와 밤하늘을 올려다보는 것도 먼저 간 자식이 그리워서였다.

그런데 자신의 아들과 관련된 이야기를 들고 찾아온 청년이 있다니.

"어디 있나?"

"일단 접객당으로 모셨습니다."

"알겠네."

그렇게 말한 황보진원이 서둘러 접객당으로 향했다.

접객당의 문이 열리고 황보진원이 안으로 들어서자 앉아 있던 서윤이 얼른 자리에서 일어났다.

황보진원은 고개를 숙이고 공손하게 서 있는 서윤을 한 번 훑고는 입을 열었다.

"자네인가? 수열이에 대해 할 말이 있다는 청년이."

"그렇습니다."

"일단 앉게. 그리고 자네는 나가 있게."

황보진원의 말에 가신이 고개를 숙여 보이고는 접객당 밖으로 나갔다.

황보진원이 자리에 앉을 때까지 기다리고 있던 서윤은 그가 자리에 앉자 그의 앞에 무릎을 꿇었다.

서윤이 갑자기 무릎을 꿇자 황보진원은 놀란 표정을 지었다.

"왜 무릎을 꿇는가?"

"먼저 죄송하다는 말씀부터 드리겠습니다."

"무슨 이야기이기에 무릎까지 꿇고 그런 말부터 하는가?"

황보진원의 물음에 서윤은 잠시 동안 말없이 있다가 천천히 입을 열었다.

"황보 조장이 죽던 날. 그 자리에 제가 있었습니다."

서윤의 대답에 황보진원이 두 눈을 부릅떴다. 서윤의 말을 듣는 순간 황보진원은 그의 정체를 눈치챘다.

"설마, 자네가?"

"예, 서윤입니다."

황보진원의 눈동자가 크게 흔들렸다.

"진작 찾아뵙고 사죄드렸어야 했는데 늦었습니다. 죄송합니다."

"하려는 이야기가 뭔가?"

황보진원의 물음에 서윤이 심호흡을 하고는 어렵게 입을 열었다.

"황보 조장은 저를 살리고 죽었습니다."

그렇게 시작하여 서윤이 최대한 조심스럽게 그날의 상황을 풀어놓았다.

황보진원은 가만히 눈을 감은 채 서윤의 이야기를 듣고만 있었다. 하지만 시간이 흐를수록 감정이 격해지는지 감고 있는 눈꺼풀이 파르르 떨렸다.

"그렇게 그 자리를 빠져나간 저는 조원들을 대피시키고는 큰 부상을 입었습니다. 그렇게 몸을 회복하고 북경으로 가던 중 제남에서 하루 머물게 되었고 망설임 끝에 이렇게 찾아오게 되었습니다. 다시 한 번 늦어서 죄송합니다."

서윤의 말이 끝났다. 황보진원은 그러고도 한동안 말을 잇지 못하고 눈을 감은 채 가만히 있었다.

그렇게 한참이 지나서야 그가 입을 열었다.

"편하게 앉게."

그의 말에 잠시 망설이던 서윤이 편히 앉았다. 그러자 황보진원이 눈을 뜨고는 말했다.

"고맙네."

황보진원의 한 마디에 서윤은 울컥했다. 자신이 밉고 원망스러울 수 있을 텐데도 고맙다고 하는 그 마음이 느껴졌기 때문이었다.

"지금까지 그 아이가 어떻게 세상을 떠났는지 자세한 것을 듣지 못했네. 그러다 보니 온갖 상상을 다 했지. 고통에 몸부림치는 그 아이의 모습이 떠올라 미칠 것 같은 날도 많았다네. 이렇게 늦게라도 찾아와 얘기해 줘서 정말로 고맙네."

"아닙니다."

황보진원의 말을 들으니 처음 황보세가 근처까지 왔을 때 망설였던 자신이 너무나 부족하게 느껴지는 서윤이었다.

"그 아이가 무인으로서 명예롭게 떠난 것 같아 다행스럽네. 그리고 이렇게 살아 있어 줘서 정말로 고맙네. 자네가 실종되고 시간이 흐르자 다들 자네가 죽었을 것이라 생각했지. 하지만 이렇게 살아 있으니 되었네. 그 아이의 죽음이 헛되지 않아 그것 또한 너무나 고맙네."

"조장의 죽음에 대한 대가는 저들에게 반드시 받아낼 것입니다."

"나 또한 그렇게 할 생각이네. 절대 용서할 수 없지."

황보진원의 말에 고개를 끄덕인 서윤이 잠시 망설이다가 입을 열었다.

"몇 가지 드릴 말씀이 있습니다."

"무엇인가?"

"한 가지는 당분간 제가 살아 있다는 사실을 아무에게도 말하지 말아 주십시오."

서윤의 말에 황보진원이 의외라는 듯 그를 쳐다보았다.

"어째서인가? 자네가 살아 있다는 것을 알면 기뻐하고 힘을 얻을 사람들이 많네."

"지금부터 드릴 이야기 때문입니다."

"무슨 이야기이기에……."

서윤은 배신자가 있을 거라는 사실을 털어놓기로 했다. 아직 조사가 모두 끝난 건 아니었지만 적어도 지난번에 보았던 명단에 황보진원은 없었던 까닭이었다.

"정도 쪽에 배신자가 있을지도 모릅니다. 아니, 전 있다고 확신하고 있습니다. 그 숫자가 어느 정도 되는지의 문제일 뿐입니다."

서윤의 말에 황보진원이 깜짝 놀랐다. 그러고는 믿을 수 없다는 듯 입을 열었다.

"지금 자네가 하는 말은 결코 가볍지 않네. 만약 거짓이라면 자네는 정도 무림의 공적이 될 수도 있음이야."

"알고 있습니다. 현재 조사 중이고 의심 가는 인물들의 명단도 가지고 있습니다."

서윤의 대답에 황보진원은 더욱 놀랐다. 명단까지 가지고 있다니. 만약 그 명단이 사실로 밝혀진다면 실로 무서운 일이라 할 수 있었다.

"그 때문이군. 정확하게 조사하려면 눈에 띄지 않는 편이 좋겠지. 그러면서도 날 찾아와 정체까지 밝히다니."

"당연히 그렇게 했어야 합니다. 그리고 그 명단에 가주님은 없었습니다."

"허허. 다행이라고 해야 할지."

황보진원이 한숨을 쉬었다. 서윤으로부터 황보수열에 대한 이야기를 들어 후련해진 마음이 이어진 이야기 때문에 전보다 더욱 답답해진 듯했다.

"알겠네. 자네가 살아 있다는 이야기는 절대 하지 않겠네. 이 집 안에서도 자네의 정체를 아는 사람은 나 한 명뿐이니 혹여라도 이 사실이 흘러나간다면 날 의심해도 좋네."

"감사합니다."

서윤의 대답에 황보진원이 고개를 끄덕였다.

"오늘 이후로 황보세가는 다시금 적들과 맞서 싸울 힘을 내겠네. 고생스럽겠지만 자네가 좀 더 수고해 주게."

"알겠습니다. 그럼 전 이만 일어나 보겠습니다."

"조심해서 가게. 마음 같아서는 이곳에서 하루 머물라고 하고 싶지만 은밀하게 움직여야 하니 붙잡지는 않겠네."

"예. 복수가 모두 끝나거든 다시 찾아오겠습니다. 그때 조장에게 술 한 잔 따라 올리겠습니다."

"그 약속 꼭 지키게."

"예."

서윤이 황보진원에게 인사하고는 자리에서 일어났다.

황보세가를 나서는 서윤의 표정은 찾아오기 전보다 밝아져 있었다.

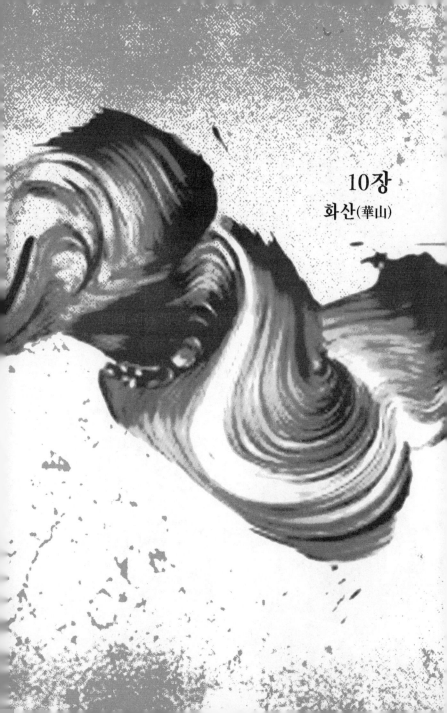

10장
화산(華山)

風神 徐潤

풍신서윤

섬서성 화산에서 제법 떨어진 곳에 있는 소화산.

자색 무복을 입은 한 무리의 사람들이 잔뜩 경계한 채 산을 수색하고 있었다.

이십의 매화검수들.

화산의 정예라 할 수 있는 그들이 용맹을 담은 눈을 빛내며 주변을 살피며 산을 오르고 있었다.

그들을 이끌며 산을 오르는 자가 있었다.

운양(雲楊)이라는 도명을 가진 자. 화산파 장로 중 한 명으로 가진 바 무위도 뛰어나지만 언제나 냉철한 판단을 내릴 수 있는 자였다.

매화검수를 이끄는 그의 눈빛은 날카롭게 빛나고 있었다.

슥!

갑자기 운양자가 손을 들며 그 자리에 멈췄다. 그러자 매화검수들이 일제히 멈춰 섰다.

스멀스멀 피어오르는 살기.

운양자는 그것만으로도 모습을 보이지 않고 있는 적들이 상당한 수준이라는 것을 알 수 있었다.

"나와라! 화산의 운양자가 여기 있다!"

그가 진기를 실어 외쳤다. 그의 외침은 산 전체로 퍼져 나갔다.

"애송이가 박력 있네."

낯선 여성의 목소리가 들렸지만 정작 모습은 보이지 않았다.

"모두 제자리를 지켜라!"

운양자가 매화검수들을 향해 소리치며 주변을 살폈다. 하지만 그 어느 곳에서도 목소리의 주인은 찾을 수가 없었다.

"나 찾아?"

쐐에엑!

운양자는 오른쪽 귓가에서 들리는 목소리에 황급히 몸을 틀며 검을 휘둘렀다. 하지만 그 자리에는 아무도 없었다.

"어디다 휘둘러?"

쉬익!

이번에는 왼쪽에서 또 한 번 목소리가 들렸고 운양자의 검은 어김없이 허공을 갈랐다.

"그렇게 느린 검으로는 날 잡을 수 없어."

또다시 어디서 들려오는지 모를 목소리가 울려 퍼졌다.

연이은 조롱에 매화검수들이 동요하기 시작했다.

"뭉쳐라!"

운양자의 외침에 매화검수들이 한데 모였다. 그러자 동요하던 그들의 분위기가 진정되었다.

"모두 집중하라! 적은 근거리에 있다."

운양자의 말이 아니더라도 매화검수들은 가진 바 집중력을 높이고 있었다.

"재미없는 애들이네. 그럼 이건 어떨까?"

또 한 번 목소리가 들리더니 순간 주변이 고요해졌다. 그에 운양자와 매화검수들은 잔뜩 긴장한 채로 서로를 의지하며 주변을 경계했다.

"안녕?"

갑자기 한 명의 매화검수 앞에 누군가가 나타나 얼굴을 바짝 들이밀었다.

젊은 여인의 얼굴.

갑자기 다가온 그녀를 보며 매화검수는 놀라면서도 반사적으로 검을 휘둘렀다.

하지만 매화검수의 검이 가른 건 허상에 불과했다.

"재밌는 애들도 있네. 화산파 애들은 다들 목석같은 줄 알았는데."

계속해서 들려오는 허공을 울리는 목소리에 운양자와 매화검수들은 혼란스러울 수밖에 없었다.

쉭!

서걱!

그때 방금 전 그 매화검수 앞에 그 여인이 또다시 나타나더니 곧장 목을 그어버렸다.

즉사.

화산의 자랑이라는 매화검수가 검 한 번 제대로 휘둘러보지도 못하고 너무나 허무하게 생을 마감했다.

"시시해."

그렇게 말하며 여인이 다시 자취를 감추었다. 당황한 기색이 역력한 매화검수들이 서로 등을 맞대며 주변을 경계했다.

운양자 역시 매화검수들의 곁으로 가 사방을 살폈다.

"장난은 그만해. 뭐 하는 짓이냐."

그때 또 다른 이가 나타났다.

선이 굵은 이목구비를 가진 사내였다. 어디에 있었는지 언제 다가왔는지도 몰랐다.

말 그대로 갑자기 나타난 사내였다.

사내의 입에서 흘러나온 말에 자취를 감췄던 여인이 그 옆에 나타났다.

"쳇, 장난 아닌데."

입을 빼쭉 내밀며 눈을 흘기는 그녀를 무시하며 사내가 운양자를 쳐다보았다.

"매화검수 스무 명, 아니, 이제 열아홉인가. 거기에 장로 한 명. 몸 풀기로는 딱이군."

"방금 한 명 보낸 거 봤잖아? 몸 풀기도 안 될 거 같은데."

여인의 말에 사내가 인상을 찌푸리며 여인을 슬쩍 쳐다보았다. 그러자 여인이 '알았어'라고 중얼거리며 슬쩍 고개를 돌렸다.

"이놈들! 감히 화산의 제자들을 앞에 두고 무슨 망발을!"

운양자가 호통을 터뜨렸다. 매화검수들 역시 자신들을 무시하는 두 사람의 발언에 두 눈 가득 분노를 담아내었다.

"헛소리인지 아닌지는 두고 보면 될 일. 덤벼라. 싹 다 죽여 주마."

그렇게 말하며 사내가 검을 뽑았다.

일반적인 검보다 길이가 조금 더 길고 검신이 얇은 검이었다.

운양자는 다시 한 번 인상을 찌푸렸다.

검의 길이 차이가 무슨 대수냐고 하는 사람이 있다면 그 사람은 무공을 모르는 사람일 것이다.

한 치 차이로 사람의 생사가 갈릴 수도 있는 노릇.

그렇다면 길이가 더 긴 검은 충분히 위험한 요소였다.

하지만 운양자가 인상을 찌푸린 건 비단 그 이유 때문만은
아니었다.

검이 길면 휘두를 때의 궤적 자체가 평범한 검과 다를 수밖
에 없다. 그리고 그것을 능숙하게 펼치기 위해서는 들어가는
힘도 다르다.

그것은 사내가 가진 바 힘, 그리고 길이가 더 긴 검으로 펼
쳐 내는 초식의 위력이 상당하다는 뜻이기도 했다.

매화검수들이 화산에서 길러낸 자랑이라고는 하나 대부분
이 젊은 축에 속했다.

그것은 경험이 부족하다는 뜻과도 같았다.

일반 검으로 펼쳐 내는 생소한 무공을 상대하는 것도 결코
쉬운 일이 아니건만 익숙지 않은 검으로 펼쳐 내는 생소한 무
공은 더더욱 상대하기 어려울 수밖에 없었다.

'자칫하면 죽겠구나.'

두 사람의 자신감이 결코 허언이 아닐 것이라는 예감이 강
하게 드는 순간이었다.

그러나 도망칠 수도 없는 노릇.

운양자가 매화검수들을 향해 소리쳤다.

"매화검진(梅花劍陳)을 펼쳐라!"

운양자의 외침에 매화검수들이 일사불란하게 움직이며 검
진을 형성했다.

"오호. 매화검진이라니 재밌겠네."

검진을 형성한 매화검수들을 흥미로운 표정으로 쳐다보던 여인이 중얼거렸다.

"시작하지."

하지만 사내는 감정의 변화가 전혀 느껴지지 않는 목소리로 짧게 말했다.

"개진!"

운양자의 명령에 매화검진이 발동되었다.

강한 기운이 휘몰아치며 두 사람을 압박하기 시작했다. 하지만 정작 그 기운을 받아내고 있는 두 사람은 여유를 잃지 않고 있었다.

팍!

사내가 땅을 박찼다.

빠르지는 않지만 묵직한 움직임.

그리고 전광석화라는 말이 딱 어울릴 정도로 빠르게 검을 뿌렸다.

꽈광!

폭풍이 휘몰아쳤다.

기운과 기운이 충돌하며 만들어낸 강력한 기파가 주변을 휩쓸었으나 사내의 표정은 여전히 처음과 똑같았다.

자욱하게 일어난 먼지 사이로 굳은 표정의 매화검수들의 모습이 보였다.

검진이 깨지지는 않지만 이처럼 묵직한 충격이 계속된다

면 그것도 장담할 수 없었다.

위험을 몸소 느낀 매화검수들이 움직이기 시작했다.

적을 공격하고 그 움직임을 파악하며 틈을 노리는, 그러면서도 그 위력이 점차 배가 되는 매화검진의 진정한 위용이 뿜어져 나오고 있었다.

우웅! 우웅!

검진이 강한 기운을 뿜어내며 울음을 터뜨렸다.

점점 거세지는 압박.

그러자 사내가 다시 한 번 움직였다.

자신을 향해 쏘아져 오는 매화검수들의 검을 쳐내고 피해내며 전진했다.

하지만 매화검진은 결코 그가 다가서도록 쉽게 허락하지 않았다.

쒜에엑!

한 자루 검이 사내의 목을 향해 날아든다.

그러자 사내가 검을 비껴들며 검의 궤도를 틀었다. 그러면서 생긴 작은 틈을 노리고 또 하나의 검이 찔러 들어왔다.

하지만 이마저도 통하지 않았다.

사내가 재빨리 검으로 원을 그리며 검을 쳐냈다.

그러면서 한 걸음씩 내딛는 그의 보폭은 일정했다.

운양자는 심상치 않음을 느꼈다.

검진에서 폭사되는 엄청난 위력의 압력을 고스란히 받아내면서도, 그리고 연이어 이어진 공격을 막아내면서도 결코 앞으로 내딛는 걸음이 느려지거나 빨라지지 않았다.

이는 상승의 보법을 펼치고 있다는 뜻이었다.

이를 악문 운양자가 검진 속에 녹아들며 직접 검을 뿌렸다.

쒜에에엑!

확실히 매화검수들의 검과는 차원이 다른 위력을 뿜내는 일격이었다.

이번 일격은 쉽게 막아내기 어렵다고 판단했는지 사내의 눈썹이 한차례 꿈틀거렸다.

쾅!

사내의 검과 운양자의 검이 강하게 충돌했다.

엄청난 충격에 운양자의 얼굴이 사색이 되었다. 지금껏 무공을 수련하고 수많은 상대와 싸우고 비무를 해오면서 이 정도로 강한 충격을 받은 적은 몇 차례 없었던 까닭이었다.

'도대체 어디서 나타난 자들이란 말인가. 이들도 마교가 길러낸 고수들인가!'

운양자는 마음을 단단하게 먹었다.

그러고는 진기를 끌어모으며 연이어 검을 뿌렸다.

화산이 자랑하는 검법 중 하나인 오행매화검(五行梅花劍)이 운양자의 검끝에서 펼쳐졌다.

운양자가 펼치는 오행매화검은 완벽에 가깝다는 찬사를 받을 정도로 그 성취가 대단한 검법이었다.

본격적으로 운양자의 오행매화검이 펼쳐지고 그 뒤를 매화검진이 받치는 형국이 되자 사내의 표정도 점차 딱딱하게 굳어가고 있었다.

운양자 한 명을 상대하기도 버거울 텐데 매화검진의 견제까지 받으면서도 일격을 허용하지 않는 그의 검초가 놀라울 따름이었다.

"안 되겠네. 혼자 할 수 있을 줄 알았더니만."

이를 지켜보던 여인이 중얼거렸다. 그리고 조용히 그 자리에서 사라졌다.

하지만 사내 한 명에게 집중하고 있던 터라 매화검수들과 운양자 중 그 누구도 여인이 사라졌다는 것을 눈치채지 못했다.

스윽.

사라졌던 여인이 갑자기 나타나 매화검수 한 명의 목을 그어버렸다.

비명도 지르지 못하고 쓰러지는 매화검수.

너무나 갑작스럽게 벌어진 상황에 검진을 이루고 있던 매화검수들이 다시금 동요하기 시작했다.

온전히 검진에 집중하지 못하는 상황.

그렇다 보니 검진의 위력이 조금 전보다 줄어들 수밖에 없었다.

끊임없이 자신을 견제하던 검진의 압박이 조금 느슨해지자 사내가 더욱 힘을 냈다.

그가 펼쳐 내는 초식의 위력이 더욱 강해졌고 더욱 날카로워졌다.

그것을 가장 가까이에서 몸소 느끼고 있는 운양자는 조급해졌다. 방금 전처럼 여인이 다시금 움직인다면 순식간에 전멸당할 수 있었다.

운양자가 더욱 진기를 끌어올리며 오행매화검의 위력을 더했다.

하지만 그보다 사내의 검격이 더욱 날카롭고 매서웠다.

콰쾅! 쾅! 콰쾅!

연이어 충돌하는 두 개의 검.

그 여파로 주변의 나무들이 강풍에 흔들리듯 심하게 요동쳤다.

그것을 고스란히 받아내는 운양자의 낯빛은 점차 흙빛으로 변해갔고 검진을 형성하고 있는 매화검수들은 버거운 표정을 짓고 있었다.

사내의 검이 날카롭게 뻗어왔다.

운양자도 이를 막아내려 검을 휘둘렀다.

하지만 그 순간 사내의 움직임이 기묘하게 변하더니 검의 궤도가 변했다.

자칫하면 배에 구멍이 날 수도 있는 상황.

운양자가 이를 악물고 암향표(暗香飄)를 펼치며 검을 틀었다.

그의 검에서 튕겨지듯 검기가 일렁였다.

사내의 검을 밀어내기 위한 임시방편이었지만 사내의 검은 전혀 영향을 받지 않은 듯 조금도 흐트러지지 않았다.

찌이익!

운양자의 옷이 찢어졌다.

조금만 늦었다면 살이 베였을지도 모를 일.

운양자는 등골을 타고 흐르는 식은땀을 느끼며 다시금 앞으로 쏘아져 나갔다.

스윽! 스윽!

사내를 향해 나아가는 운양자의 시야에 쓰러지는 두 명의 매화검수가 보였다.

심하게 흔들리는 눈빛.

마음이 동요하자 그가 펼쳐 내는 검법도 제대로 된 위력을 보이지 못한 채 흔들릴 수밖에 없었다.

서걱!

사내의 검이 운양자의 옆구리를 베고 지나갔다.

상당히 깊은 상처. 그곳에서 상당량의 피가 흘러내리기 시작했다.

운양자가 비틀거렸다.

그 기회를 놓치지 않고 사내가 운양자를 강하게 몰아쳤다.

운양자는 강한 통증을 참고 사내의 공격을 어떻게든 막아 내 보려 하였으나 운신이 자유롭지 못했다.

사내가 폭풍처럼 운양자를 난도질하기 시작했다.

사방으로 운양자의 피가 튀었고 그의 입에서는 비명이 터져 나왔다.

사내의 검이 한차례 휩쓸고 지나간 자리에는 온몸이 검흔으로 뒤덮인 채로 쓰러진 운양자만이 남아 있을 뿐이었다.

그러는 사이 어느새 여인도 매화검수들을 거의 다 쓰러뜨린 상태였다.

몇 남지 않은 매화검수들은 무슨 수를 써서든 여인의 공격을 막아보려 했으나 귀신처럼 나타났다 사라지는 그녀의 흔적을 쫓기란 쉬운 일이 아니었다.

사내가 호흡을 진정시켰을 즈음 여인의 움직임도 멈추었다.

그녀 주변에는 싸늘한 주검이 된 매화검수들이 널브러져 있었다.

"나한테 빚진 거다?"

"헛소리."

사내의 대답에 여인이 얼굴을 바짝 들이대며 말했다.

"나 아니었으면 저 늙은이, 못 이겼을지도 몰라."

"충분히 이길 수 있는 상대였다."

"내가 도와주기 전까지 공격한 거 다 막혔으면서."

사내는 여인의 말에 조금도 신경 쓰지 않고 검에 묻은 피를 닦아내고 있었다.

"당신은 나 없으면 안 된다니까."

그렇게 중얼거리는 여인의 곁을 사내가 무심하게 스쳐 지나 갔다. 그 뒷모습을 보며 미소 짓던 여인이 서둘러 뒤따르며 물 었다.

"이제 거기 가는 거야?"

"그래, 간다."

진한 피 냄새가 진동하는 전장을 뒤로 하고 한 쌍의 남녀 는 태연하게 소화산을 내려가고 있었다.

*   *   *

화산파 장문인인 운해자(雲垓子)는 지금 눈앞에 펼쳐진 상 황에 몸을 부들부들 떨고 있었다.

두려움? 아니었다.

구파의 일익이자 최고의 검문(劍門)을 자처하는 화산파의 수장이 두려움에 떨 리가 없었다.

그의 몸을 강타한 것은 분노였다.

참을 수 없는 분노 그리고 그 원인이 지금 자신의 눈앞에 있었다.

운해자를 향해 검을 겨누고 있는 자들.

그들이 그로 하여금 참을 수 없는 분노를 끌어 올리고 있 었다.

"감히 네가!"

운해자가 분노를 담은 호통을 터뜨렸다.

하지만 그에게 검을 겨누고 있는 이들 중 누구 하나 두려움에 떨지 않았다.

운해자의 눈빛이 서늘하게 빛나고 있었다.

*   *   *

꽝!

화산파 정문이 부서져 나갔다.

그리고 한 무리의 사람들이 화산파 경내로 쏟아져 들어왔다.

갑작스러운 공격에 화산파 제자들은 당황하여 제대로 저항도 하지 못한 채 죽어나가고 있었다.

화산파를 습격하고 화산 제자들을 무참히 죽이는 자들 뒤로 두 사람이 걸어오고 있었다.

소화산에서 운양자와 매화검수들을 죽인 한 쌍의 남녀였다.

수하들로 보이는 자들이 앞서가며 화산파 제자들을 도륙했고 두 사람은 그 뒤를 천천히 걸어갔다.

두 사람의 앞에 장애물은 없었다.

그리고 그들의 발길이 향하는 곳에는 장문인의 거처인 문주전(門柱殿)이 있었다.

두 사람이 문주전 앞에 도착할 때까지도 화산 제자들의 저항은 거의 없었다.

편하게 걸어 그곳에 도착한 두 사람은 물끄러미 문주전을 쳐다보았다.

쾅!

잠시 후.

문주전의 문이 열리며 한 사람이 모습을 드러냈다.

피로 목욕을 한 듯 그가 입고 있는 옷이 붉은색으로 물들어 있었다.

그가 들고 있는 검끝에서는 누구의 것인지 모를 피가 뚝뚝 떨어지고 있었는데 그 모습이 마치 지옥에서 온 야차 같았다.

"과연 화산의 장문인은 아무나 앉는 자리는 아닌 모양이군."

사내가 피칠을 한 채 잔뜩 성난 표정으로 서 있는 운해자를 보며 중얼거렸다.

"이놈! 감히 여기가 어디라고!"

"어디긴? 곧 망해 없어질 문파지."

운해자의 호통에 사내의 곁에 서 있던 여인이 조롱하듯 받아쳤다.

"내 오늘 너희들을 황천길 동무로 삼아야겠다!"

그렇게 외치며 운해자가 피가 맺힌 검을 휘두르며 빛처럼 쏟아져 나갔다.

방금 전까지 배신자들의 목을 벤 검이 화려한 매화를 만들어 내었다.

"죽여."

사내의 외침에 그의 뒤에 서 있던 자들이 일제히 운해자를 향해 쇄도하기 시작했다.

운해자의 눈이 분노로 물들었다.

그의 검이 만들어낸 매화가 조금의 망설임도 없이 적들을 베어 넘겼다.

궁극에 오른 검.

하지만 적들은 조금의 두려움도 없는 듯 불을 향해 달려드는 나방처럼 운해자에게 달려들었다.

폭발적인 기세로 적들을 도륙하는 운해자.

하지만 이미 문주전 안에서 배신자들을 홀로 상대하고 난 후라 지친 기색이 역력했다.

그리고 이내 수많은 적이 그를 둘러싸기 시작했고 이내 운해자의 몸에는 수많은 칼이 꽂히기 시작했다.

"으아아아아!"

운해자가 비명인지 기합인지 모를 소리를 지르며 있는 힘껏 검을 휘둘렀다.

몸에 여러 개의 검이 꽂혀 있음에도 괴력을 뿜어내는 그의 모습에 적들도 기가 질린 듯 조금씩 물러나는 모습을 보였다.

"이놈들… 절대… 끅! 혼자 가지… 않는다… 끅!"

운해자가 목구멍을 타고 넘어오는 피를 억지로 삼키며 힘겹게 말을 내뱉었다.

그 모습을 보고 있던 사내가 앞으로 나섰다.

그러고는 물러서고 있는 수하들을 지나 운해자의 앞에 섰다.

운해자의 눈이 빛났다.

그러고는 있는 힘을 다해 앞으로 나아가며 검을 뻗었다.

하지만 생각과 달리 몸이 따라주질 않았다.

내딛는 발걸음에는 힘이 없었고 뻗는 검에는 위력이 없었다.

사내가 어느새 뽑아든 검으로 운해자의 검을 쳐냈다.

검을 쥐고 있을 힘도 없었는지 사내의 가벼운 휘두름에 운해자의 검이 튕겨 날아갔다.

"곱게 죽으시오."

사내가 검을 찔렀다.

정확히 운해자의 목을 관통하는 검.

순간 두 눈을 부릅뜬 운해자는 마지막까지도 사내를 잡으려는 듯 팔을 앞으로 뻗어 허우적거렸다.

사내가 검을 쥔 손을 비틀었다.

그에 검이 꽂혀 있던 운해자의 목이 그대로 떨어져 나갔다.

그러자 앞으로 뻗었던 그의 팔이 힘없이 떨어졌고 목을 잃은 몸통은 그대로 쓰러져 버렸다.

"생각보다 피해가 큰데?"

여인이 사내의 곁으로 다가와 명을 다한 운해자의 시신을 보며 말했다.

"화산파를 치면서 이 정도 피해면 싸게 먹힌 거겠지."

그렇게 말한 사내가 몸을 돌렸다.

"복귀한다. 건물들은 모조리 불태우도록."

사내의 말에 그의 수하들이 품에서 화섭자를 꺼내더니 건물 곳곳에 던지기 시작했다.

화르륵!

그리고 잠시 후, 화산파 곳곳에서 불길이 치솟기 시작했고 이내 거대한 화마(火魔)가 되어 산 전체를 뒤덮었다.

구파의 거대한 축이었던 화산파.

그 명운이 치솟는 불길처럼 불타 없어지고 있었다.

*   *   *

북경에 도착한 서윤과 서시는 지체하지 않고 허문의 거처를 찾았다. 어의의 집이기에 찾는 것은 어렵지 않았다.

"여기가 맞아?"

"맞겠지."

그렇게 중얼거린 서윤이 굳게 닫힌 문 앞으로 다가가 조심스럽게 두드렸다.

그러자 얼마 후, 안에서 하인으로 보이는 사람이 모습을 드러냈다.

"누구십니까?"

"이곳이 어의 허문 영감의 집이 맞습니까?"

"그렇습니다만, 어쩐 일로 오셨습니까?"

하인의 물음에 서윤이 품에서 마의가 전하라던 서찰을 꺼내며 말했다.

"전할 서찰이 있어서 이렇게 찾아왔습니다."

그에 하인이 서윤과 서시를 한 번씩 훑어보더니 입을 열었다.

"며칠 전에 낙향하셨습니다."

"예?"

"어의 직을 반납하고 낙향하셨다고요."

당황스러운 말이 아닐 수 없었다. 하필 이런 때에 낙향을 했단 말인가.

"그럼 어디로 가셨는지는 알 수 있겠습니까? 꼭 전해야 하는 중요한 서찰이라 그렇습니다."

"글쎄요. 어디로 가신다는 이야기는 없으셨습니다. 고향이 어디인지 행선지가 어디인지 일절 말씀이 없으셨기에……."

"후……."

서윤이 깊은 한숨을 쉬었다.

검왕 설백을 깨울 수 있는 처음이자 마지막 희망일지도 모를 그가 사라져 버린 것이다.

[일단 돌아가자. 차분히 생각을 해보자고. 며칠 전이면 그리먼 곳까지 가시진 못했을 거야. 수하들 시켜서 찾아보라고 하면 돼.]

서시가 서윤에게 전음으로 말했다.

"알겠습니다. 그럼."

짧게 인사한 서윤이 서시와 함께 허문의 집을 떠났다. 허탈한 마음을 금할 길이 없는지 서윤의 발걸음에는 힘이 없었다.

미리 잡아 놓은 객점으로 돌아온 서윤은 탁자 위에 서찰을 올려놓고는 그것을 가만히 바라보며 생각에 잠겨 있었다.

앞으로 어떻게 해야 할지 막막했던 까닭이었다.

그때 나갔다 오겠다던 서시가 돌아왔다. 그러고는 서윤의 맞은편에 앉으며 말했다.

"일단 지시는 내려놨어. 그러니까 조금 느긋하게 기다려 봐. 조급해한다고 해서 지금 당장 할 수 있는 건 없으니까."

서시의 말에 서윤이 고개를 끄덕였다.

"어쨌든 찾아서 서찰을 전하면 되고. 그럼 북경에 온 목적은 달성하는 거잖아. 그 뒤에는 어떻게 할 거야?"

"아직 구체적으로 생각은 안 해봤어."

"배신자들의 명단은 확보했잖아. 일부는 확실한 증거까지 확보했고. 바로 무림맹에 넘겨야 되는 거 아냐?"

서시의 말에 서윤은 고개를 저었다. 그리고는 잠시 생각하더니 입을 열었다.

"아직은 무림맹에 갈 때는 아냐. 좀 더 확실해진 다음에 해야 할 일이지. 우선은 대륙상단에 가야겠어."

"대륙상단?"

"그래. 숙부님과 형님, 누이한테는 찾아가야지. 지금까지 연락 안 하고 있었던 것만으로도 죄송스러운 일이야."

"그렇긴 하지."

"그리고 만약 서찰을 전달하고 어의를 대륙상단에 모시고 갈 수 있다면 내가 직접 모시고 가는 게 제일 안전하겠지."

"좋아. 그럼 일단 좀 쉬자고. 여기까지 무리해서 왔잖아. 쉬어."

그렇게 말한 서시가 일어나 방을 나섰다. 하지만 서윤은 앉은 자리에서 한참을 무언가 생각하고 있었다.

이틀이 지났다.

금방 찾을 수 있을 거란 생각은 안 했지만 그래도 이틀 동안 아무런 소식도 들려오지 않자 서윤은 조금씩 조급해지기 시작했다.

서윤의 그런 기색을 읽었는지 서시도 오매불망 수하들이 어

290 풍신서윤

의의 소식을 가져오길 기다리고 있었다.

그렇게 사흘째 되는 날 아침.

마침내 봉황곡 살수들로부터 어의의 흔적을 찾았다는 소식을 받았다.

"가자."

서윤이 서둘러 짐을 챙겨 객점을 나섰다.

서시가 앞장섰고 서윤이 뒤를 따랐다.

허문은 생각보다 빠르게 이동하고 있었다. 이미 북경을 벗어나 하북성에 들어선 상태였다.

지금까지 온 경로로 보아 산서성으로 향하는 듯했다.

"조금만 더 가면 따라잡을 수 있을 거야!"

빠른 속도로 달리며 서시가 소리쳤다. 그에 서윤은 말없이 그녀의 뒤를 쫓을 뿐이었다.

그렇게 한 식경 정도 더 달리자 마차 한 대가 보였다.

움직이지 않고 멈춰 서 있었는데 그 주변으로 두 무리의 사람들이 대치 중이었다.

"어? 우리 애들인데? 저건 개방 거지들 아냐?"

서시의 말에 서윤이 마차 주변의 상황을 유심히 살폈다. 그녀의 말처럼 허문이 탄 것으로 예상되는 마차를 사이에 두고 봉황곡 살수들과 개방 거지들이 대치 중이었다.

"뭔가 오해가 있는 듯하군."

그렇게 중얼거린 서윤이 서시를 앞질러 앞으로 쏘아져 나갔다.

순식간에 마차 옆에 나타난 서윤을 보고 살수들과 개방 거지들 모두 움찔했다.

"대치를 멈추십시오."

서윤이 둘을 말렸지만 오히려 갑자기 나타난 서윤 때문에 개방 거지들의 경계심은 더욱 커졌다.

반면 봉황곡의 살수들은 서시의 등장에 경계를 풀고 허리를 숙였다.

"누구시오?"

개방 거지들 중 한 명이 물었다. 하지만 서윤은 그에 대답하지 않고 마차 안을 향해 말했다.

"갑작스럽게 죄송합니다. 혹시 안에 허문 영감이 계십니까?"

서윤의 물음에 마차의 휘장이 걷히며 허문이 모습을 드러냈다.

"누구시오?"

"저는 서윤이라고 합니다. 영감께 전할 서찰이 있어 북경까지 찾아갔다가 이렇게 뒤쫓게 되었습니다."

"서윤……."

허문은 서윤의 이름을 듣고는 살짝 놀란 표정을 지었다가 이내 말을 이었다.

"권왕 신도장천의 손자로군."

허문의 말에 서윤이 고개를 끄덕였다. 그러고는 품에서 마의가 적어 준 서찰을 꺼내 건넸다.

"누군가가 전해 달라고 부탁한 서찰입니다."

서윤은 서찰을 준 사람이 마의라는 것을 밝히지 않았다. 개방 거지들도 있는 상황에서 괜히 논란거리를 만들 필요는 없었다.

서윤으로부터 서찰을 받은 허문이 그 자리에서 펼쳐 읽어 내려가기 시작했다.

그러더니 그의 표정이 점차 놀라움으로 가득 차기 시작했다.

"안 그래도 지금 대륙상단으로 가는 길이었소. 그러던 와중에 갑자기 이런 일이 벌어졌지."

대륙상단으로 가는 길이었다는 허문의 말에 서윤이 반색하며 물었다.

"그러셨습니까? 감사합니다. 이 상황은 제가 정리하겠습니다."

서윤의 대답에 허문이 고개를 끄덕였다.

마차에서 떨어진 서윤이 개방 거지들 쪽을 바라보았다. 마차에 붙어 작은 목소리로 대화를 나눈 탓에 개방 거지들은 아직 서윤의 정체를 모르고 있었다.

"전 적이 아닙니다. 이분께 급히 전해야 할 서찰이 있어 찾아 왔습니다. 믿어주십시오."

하지만 개방 거지들은 쉽게 경계를 풀지 않았다. 요즘 같은 시기에 속고 속이는 일은 비일비재했기 때문이었다.

경계를 풀지 않는 거지들을 보며 서윤이 난처한 기색을 표하고 있을 때, 개방 거지들 뒤쪽에서 누군가의 목소리가 들려왔다.

"살아 있었군."

서윤은 순간 경계했다. 혹여 적은 아닐까 하는 생각이 머리를 스친 까닭이었다. 하지만 앞으로 나선 목소리의 주인공은 전혀 경계하지 않고 있었다.

"몇몇을 빼고는 다들 죽었다고 생각하던데. 이렇게 살아 있을 줄이야. 처음 뵙겠소, 개방 장로 호걸개라 하오."

호걸개가 서윤에게 포권을 했다.

허문이 대륙상단으로 가기로 마음먹었다는 소식에 직접 호위하기 위해 몰래 섬서분타를 빠져나와 은밀하게 이곳까지 와 있던 그였다.

"서윤입니다."

"옆에 계신 분은 봉황곡주이시고. 권왕의 제자과 봉황곡의 주인이라. 안 어울리는 한 쌍인데."

호걸개의 말에 서시가 인상을 찌푸렸다.

"사정이 있어 동행 중입니다."

"그렇소?"

호걸개가 의미심장한 눈빛으로 두 사람을 쳐다보더니 뒤에
서 있는 수하들에게 말했다.

"원래 자리로 물러가거라."

그러자 개방 거지들이 마치 살수들처럼 순식간에 흩어졌
다. 그 광경에 서시의 눈에 이채가 흘렀다.

[개방 거지들이 살수들처럼 움직이네.]

서시의 전음에 서윤은 아무런 반응도 보이지 않고 호걸개에
게 입을 열었다.

"대륙상단까지 제가 호위할 생각입니다."

"그건 전혀 문제가 되지 않소. 다만 나도 자리를 비우고 먼
길을 온 김에 동행하고 싶은데 괜찮겠소?"

호걸개의 물음에 서윤이 고개를 끄덕였다.

"물론입니다."

"좋소. 그리고 살수들은 물려주시오. 그리고 죄송스럽지만
곡주님께서도 함께 자리를 피해주셨으면 합니다."

호걸개의 말에 서시가 서윤을 슬쩍 바라보았다.

[그렇게 해. 적당한 거리를 두고 따라붙어.]

[쳇. 알았어.]

서시에게 배운 전음으로 대화를 주고받은 서윤이 호걸개에
게 말했다.

"그렇게 할 것입니다."

"좋소. 나눌 이야기가 많을 것 같은데. 가면서 담소나 좀 나

눕시다."

그렇게 말한 호걸개가 사람 좋은 미소를 지어 보였다. 하지만 서윤은 그 뒤에 흐르는 팽팽한 긴장감을 느낄 수 있었다.

서윤과 호걸개.

두 사람의 첫 만남이었다.

『풍신서윤』 5권에 계속…

이계진입 리로디드

임경배 퓨전 판타지 소설

FUSION FANTASTIC STORY

paráclito

빠라끌리또

FUSION FANTASTIC STORY

가프 장편소설

막장 비리 검사가
최고의 검사로 거듭나기까지!
그에겐 비밀스러운 친구가 있었다.

『빠라끌리또』

운명의 동반자가 된 '빠라끌리또'가 던진 한마디.

-밍글라바(안녕하세요)!

그 한마디는 막장 비리 검사, 송승우의
모든 것을 통째로 리뉴얼시켜 버렸다.

빠라끌리또=Helper, 협력자, 성령.

Book Publishing CHUNGEORAM

유행이 아닌 자유추구 -
WWW. chungeoram.com

철백 新무협 판타지 소설
FANTASTIC ORIENTAL HEROES

大武
대무사

피와 비명으로 얼룩진 정마대전의 종결.
그리고…

"오늘부로 혈영대는 해산한다."

혈영대주 이신.
혈영사신(血影死神)이라고 불리는 그가
장장 십오 년 만에 귀향길에 올랐다.

더 이상 전쟁의 영웅도, 사신도 아니다!

무사 중의 무사, 대무사 이신.
전 무림이 그의 행보를 주목한다!

Book Publishing CHUNGEORAM

유천이에서 자유추구-
WWW.chungeoram.com